「この国に何をしにきた?」
鮮血の将軍が目を細め、リウイに呼びかけてきた。
魔法戦士リウイ　ファーラムの剣
鋼の国の魔法戦士

「嫌です……」
ジューネは何度も繰り返しつぶやくと、
幼子のように身を小さくした。

「リウイ、帰ってくるかな……」
ミレルはぽつりとつぶやく。

魔法戦士リウイ　ファーラムの剣

鋼の国の魔法戦士

1282

水野　良

富士見ファンタジア文庫

100-17

口絵・本文イラスト　横田　守

目次

第1章　鉄の女王

1

軍靴《ぐんか》の音が、遠くから響《ひび》いてくる。

大通りを、完全武装《ぶそう》の一団《いちだん》が向かってくるのが、小さく見えた。

ここは、城塞都市《じようさいとし》プリシス。二百年以上にわたり栄《さか》えた都市国家だった。

ほんの二十日ほど前までは……

プリシス王国は、北の隣国《りんごく》である軍事国家ロドーリルから十年以上ものあいだ継続的《けいぞくてき》な侵略《しんりやく》を受け、難攻不落《なんこうふらく》を誇《ほこ》った城塞都市も、ついに陥落《かんらく》したのである。

街の至《いた》るところには、戦《いくさ》の傷跡《きずあと》が生々《なまなま》しく残っていた。

建物は焼《や》け崩《くず》れ、武器や鎧《よろい》の欠片《かけら》や矢《や》弾《だま》が散乱《さんらん》し、石畳《いしだたみ》の街路《がいろ》には乾《かわ》いた血糊《ちのり》がこびりつき、埋葬《まいそう》された死体から発する腐臭《ふしゆう》が漂《ただよ》っている。

「あれが……」

行商人《ぎょうしょうにん》ふうの衣服を身に着けた大男が、魔法《まほう》の眼鏡《めがね》に片手をかけながら、ぽつりとつぶやいた。

「ロドーリルの鉄の女王ジューネか」

魔力で拡大《かくだい》された視線の先で、ひとりの女性が天蓋《てんがい》つきの輿《こし》にかつがれ、優雅《ゆうが》に身を横たえていた。

艶《つや》のある黒髪《くろかみ》に羊の角にも似た飾《かざ》り物をつけ、目や唇《くちびる》には毒々《どくどく》しい色の化粧《けしょう》を施《ほどこ》し、肌《はだ》が透《す》けて見えそうな薄衣《うすぎぬ》をまとっていた。

「いかにも……という感じだな」

大男はそう言うと、大きくため息をつきながら、遠見《とおみ》の魔力が発動している魔法の眼鏡をはずした。

彼の名は、リウイという。

剣《つるぎ》の王国オーファンの妾腹《バスタード》の王子にして魔法戦士《ルーン・ソルジャー》だ。

「ラヴェルナ導師《どうし》が言っていたとおりだ。恐《おそ》ろしく邪悪《じゃあく》な雰囲気《ふんいき》だったぜ」

リウイはそう言うと、四人の旅の仲間たちを振《ふ》り返った。

四人とも粗末《そまつ》な長衣《ローブ》を着込み、頭巾《フード》を目深《まぶか》にかぶっている。

ジーニ、メリッサ、ミレル、アイラの四人である。

もうひとりの旅の仲間ティカは、幼竜《ドラゴンパピー》クリシュとともに、この街からそう遠くない森のなかで待機《たいき》している。

彼らが賢者《けんじゃ》の国オランを発《た》ったのは、今から十日前のこと。エレミアの行商人を装《よそお》って旅をつづけ、三日前にようやくこの街に入った。

街には戦争の傷跡がそこかしこに残されていた。

プリシスを征服《せいふく》したロドーリルの兵士は略奪《りゃくだつ》と虐殺《ぎゃくさつ》をほしいままにした。

王族、貴族はひとり残らず、裕福《ゆうふく》な市民もそのほとんどが財産《ざいさん》と命を奪《うば》われた。貧しい市民たちも、大勢《おおぜい》が巻き添《ぞ》えになった。

かくして、アレクラスト大陸東部にその歴史と栄華《えいが》を誇った都市国家プリシスは滅《ほろ》び去ったのである。

生き残った市民は征服者に降伏《こうふく》し、ロドーリルへの忠誠《ちゅうせい》を誓《ちか》わされている。

そして女王ジューネが新たな領土《りょうど》と新たな民《たみ》を視察《しさつ》するため、この地にやってきたというわけだ。

「これから、どうするつもりだ？」

赤毛の女戦士ジーニが、リウイを振り返り、静かに訊《たず》ねた。

「プリシスの街の様子を確かめ、ロドーリルの女王の姿も見たのですから、とりあえずの目的は果たしたわけですが……」

戦神マイリーの侍祭《じさい》メリッサが言う。

プリシスの街は今、十年にも及《およ》ぶ戦いの末《すえ》、征服されて間もない状況《じょうきょう》である。治安《ちあん》などないに等《ひと》しい。

ロードリル軍の将軍のひとりと接触《せっしょく》し、多額《たがく》の賄賂《わいろ》を贈《おく》り、この街への滞在《たいざい》を許可《きょか》されているものの命の保障《ほしょう》はまったくない。

「オランもミラルゴも、ロドーリルと一戦まじえるつもりなんだよね？　一度、オランに帰って、遠征軍と一緒《いっしょ》にもどってくるというのも手じゃない？」

小柄《こがら》な盗賊《とうぞく》少女ミレルが、そう提案《ていあん》した。

「戦争ということになれば、オレたちとしても、傍観《ぼうかん》するわけにはゆかないだろうな。気乗りしないが、オランにもミラルゴにも義理《ぎり》がある。ただ、遠征軍が本当に派遣《はけん》されるかどうかまだ微妙《びみょう》だしな……」

賢者の王国オランはその名の通り穏健《おんけん》な政策《せいさく》で知られる。草原の王国ミラルゴも、大草原以外の場所には、さほど関心がなさそうにみえる。

ロドーリルが危険《きけん》な国であるのは明らかでも、それだけの理由で戦をはじめるわけにはゆかないのだ。

「人間どうしが戦っているような状況じゃないのにね……」

魔法の眼鏡をリウイから返してもらい、それをかけながら、アイラがため息をつく。

「まったくだな」

リウイは真剣《しんけん》な表情でうなずく。

世界は今、滅亡《めつぼう》の危機《きき》にある。

あらゆる精霊力《せいれいりょく》を喰《く》らい、無限《むげん》に成長を続けるアトンという名の魔精霊《ませいれい》が、ゆっくりとではあるが確実《かくじつ》に無の砂漠《さばく》を横断《おうだん》してきているからだ。

わずかな精霊力しかない無の砂漠なればこそ、アトンの成長は抑《おさ》えられている。だが、ひとたび精霊力あふれる土地に踏《ふ》み入ったなら、止める術《すべ》はもはやない。

精霊力は根こそぎ奪いつくされ、世界全体が無の砂漠と化してしまう。

アトンを滅ぼせるものは、ただひとつ。〝魔法王《ファーラム》の鍛冶師《かじし》〟と謳《うた》われた最高の付与魔術師《エンチャンター》ヴァン——ヴァリアント・ガーク・ル・ヴァン——が、古代王国最後の魔法王ファーラムの肉体を素材《マテリアル》として鍛《きた》えあげたひとふりの聖剣《せいけん》のみ。

リウイたちはその聖剣ファーラム探索《たんさく》の使命を帯《お》び、各地を旅していた。

先日、無の砂漠で魔精霊アトンを実際に目にし、古代王国が造った最大にして最強の魔法生物《コンストラクト》〝巨人像《きょじんぞう》〟との壮絶《そうぜつ》な戦いの一部始終を見たこともあり、リウイは事態《じたい》の重大さを誰《だれ》よりも理解《りかい》している。

アトンを滅《ほろ》ぼさなければ、間違《まちが》いなく世界が滅びる、と……

「そのためにも……」

と、リウイは言葉を続けた。

「もうしばらく、オレはこの街に留《とど》まろうと思う」

リウイたちは古代王国の空中都市レックスの廃墟《はいきょ》〝堕《お》ちた都市〟で、ヴァンの屋敷《やしき》から重大な手がかりを得ている。

ヴァンが鍛えた武具の一覧《リスト》が記《しる》され、その所在《しょざい》を示している魔法の石盤《せきばん》である。

その石盤によると、ロドーリルの地にもヴァンが鍛えた武具のひとつが存在していた。驚《おどろ》くべきことに、その武具はここプリシスに移動しつつあったのだ。鉄の女王ジューネの行動と同調するかのように……

「オレは鉄の女王ジューネの側近の誰かが、ヴァンが鍛えた武具を持っていると睨《にら》んでいる。どうせなら奪いたいし、それが無理だとしても、誰が持っているかぐらいは確かめておかないとな。ここに滞在することが、いかに危険かは承知《しょうち》しているが……」

リウイは四人の女性たちに笑いかけた。

「分かった……」

ジーニが短く答え、あとの三人も思い思いにうなずく。

リウイの意志がはっきりしているのなら、彼女らに異論《いろん》はないのだ。

「とにかく、もっと間近で、女王を拝《おが》ませてもらうとしようぜ」

リウイは女性たちに声をかけると、大通りに面《めん》した建物のひとつに入った。

そこは小さな宿屋《やどや》で、リウイは一軒《けん》分の部屋代を払《はら》い、逗留《とうりゅう》している。

遅《おく》れてやってくる荷馬車隊《にばしゃたい》と合流するためだと、宿屋の主人には説明しているが、今の状況で宿屋に宿泊する者がいようはずもない。

「お帰りなさいまし……」

宿屋の主人が、声をかけてきた。

その声はまるで魂《たましい》が抜《ぬ》け落ちているかのようだ。くわしい事情は聞いていないが、戦でいろいろなものを失ったのだろう。

リウイは主人に、酒ではない飲み物を頼《たの》むと、窓際《まどぎわ》のテーブルに陣取《じんど》った。大通りに面した窓の戸板《といた》をわずかにあげて、その隙間《すきま》から様子をうかがう。

大通りの両脇《りょうわき》には、プリシスの市民が、疲《つか》れきった表情で並んでいた。

新しい女王を歓迎《かんげい》するためだ。

だが、人々の心中は、歓迎とはほど遠い思いが渦巻《うずま》いているだろう。

ロドーリルの兵士たちが警備《けいび》のため、何隊にも分かれ、大通りを巡回《じゅんかい》している。街中の空気が、ピリピリと張りつめているのが、リウイには肌《はだ》で感じられた。

もっとも、そういう空気は嫌《きら》いではない。

(さて、いったい何が起きるか……)

そして何を起こしてやろうかと、リウイは心のなかでつぶやいた。

「来るよ……」

ミレルが緊張《きんちょう》した声で言った。

女王ジューネを乗せた輿《こし》が、大通りの向こうからゆっくりと近づいてくる。近衛《このえ》隊《たい》と思《おぼ》しき屈強《くっきょう》の戦士たちが、輿を取り囲んで、周囲を油断《ゆだん》なく警戒《けいかい》している。

「さすがに厳重《げんじゅう》だな……」

リウイは苦笑《くしょう》をもらした。

「もしも隙《すき》があるようなら、悪戯《いたずら》のひとつでもしてやろうかと思っていたんだがな……」

冗談《じょうだん》めかして言ったが、半分は本気だった。

ロドーリルが行っている戦争は、領土拡大《りょうどかくだい》だけを目的とした完全な侵略《しんりゃく》戦争である。弁《べん》解《かい》の余地《よち》などない。

鉄の女王ジューネは、大陸全土を征服《せいふく》するつもりだという噂《うわさ》が流れているほどだ。王国間の問題にはあまりかかわりたくないというのがリウイの本音だが、ロドーリルばかりはそうも言っていられないと思う。

そして、望んでいなくても、リウイはそういう争乱《そうらん》に巻き込まれることが多い。自分の生まれをまだ知らなかったころにはオーファンで王位継承《おういけいしょう》争いの当事者になったし、王子となってからも湖岸《こがん》の国ザイン、砂漠の国エレミア、そして草原の国ミラルゴでも、リウイはそれぞれの国を揺《ゆ》るがすような事件にかかわっている。

おかげで大陸東部の王族、貴族のあいだではすっかり有名になり、冒険者《ぼうけんしゃ》としての活動に支障《ししょう》がではじめている。

旅の仲間は五人とも女性だし、おまけに幼《おさな》いとはいえ竜《ドラゴン》まで連れているわけだから、目立つことおびただしいのだ。

今回の旅のように身分を偽《いつわ》り、隠密《おんみつ》に行動するしかないのが現状《げんじょう》なのである。

「悪戯をね。リウイらしいけど……」

ミレルが笑い声をあげる。

だが、次の瞬間《しゅんかん》、彼女の笑顔《えがお》が凍《こお》りついた。

「どうした？」

ミレルの表情の変化を見て取って、リウイが訊《たず》ねた。

「リウイみたいなことを考えている人間が、他《ほか》にもいるよ……」

ミレルが囁《ささや》くように言って、大通りの反対側の建物の陰《かげ》を指さした。

リウイが視線をそこに向けると、彼女の言うとおり、緊張しきった表情の男たちが五人ばかり集まっていた。布でくるんだ何かを胸に抱《かか》えている。

巡回の兵士たちが通りすぎるのを待って、近くの建物から姿を現したのだろう。

「あいつら、やる気だな……」

リウイはちっと舌を鳴らした。

女王ジューネの一行は、もうしばらくするとここを通りすぎる。

「みんなはここで待っていてくれ！」

リウイはそう叫《さけ》ぶなり、椅子《いす》を蹴《け》るように立ち上がった。

「ちょ、ちょっと？　リウイ!?」

アイラがあわてて呼び止めようとしたが、そのときには、当人は宿屋を飛びでていた。

リウイは周囲をうかがってから大通りを全速で横切ると、男たちのもとへ走り寄る。

「やめるんだな。おまえたちじゃあ、無駄《むだ》に命を捨てるだけだ」

男たちの行く手をはばむように両手を広げると、リウイは警告《けいこく》を与《あた》えた。

「なんだ、おまえは!?」

男たちが殺気《さつき》だった声で返してくる。

「ロドーリルの密偵《みってい》か？」

「あいにくだが、ただの通りすがりだ。目の前で人が死ぬのは見たくないからな。ジューネ女王の警備は厳重だ。おまえたちじゃあ、近寄ることさえできないぜ」

リウイは男たちに答えた。

「命なんかいらない。ただ、あの女に教えてやりたいだけなんだ。プリシスの民《たみ》は、決して征服者の女王を敬《うやま》うことなどないってな……」

「その覚悟《かくご》は立派《りっぱ》だけどな。だが、今は自重《じちょう》したほうがいい。おまえたちが命を捨てるのは勝手だが、今、ロドーリルを下手に刺激《しげき》すると、せっかく終わった略奪《りゃくだつ》と虐殺《ぎゃくさつ》が繰《く》り返されるかもしれないからな」

リウイは脅《おど》しをかけてみた。

だが、男たちは怯《ひる》まない。その目は覚悟に満ちているというより、なにかに取り憑《つ》かれているかのようだ。

「女王ジューネとともに、鮮血《せんけつ》の将軍ヒュードもこの街にやってくる。オレたちが抵抗《ていこう》しようと、従順《じゅうじゅん》でいようと、虐殺は終わらないんだ」

男のひとりが顔をひきつらせながら言った。

「鮮血の将軍ヒュード？」

その名を、リウイは知らなかった。

だが、その呼び名だけでも、どういう人間かは想像できる。

「ヒュードのことも知らないのか？　ジューネがロドーリルを統一《とういつ》するときの戦いで、たったひとりでひとつの村を皆殺《みなごろ》しにした男だ。奴《やつ》が行くところ、鮮血の川が流れる。この街の略奪も虐殺も、奴の名によって行われた」

「ひどい野郎《やろう》だな……」

リウイは顔をしかめた。

世の中には稀《まれ》にだが、人を殺すことで快楽《かいらく》を覚える者もいる。鮮血の将軍ヒュードは、きっとその手の男だろう。

「だからこそ、虐殺に口実《こうじつ》を与えるのはやめたほうがいい」

そう言いながらも、リウイは男たちを説得するのは無理だと悟《さと》っていた。

（時間がないな……）

リウイは、強硬手段《きょうこうしゅだん》に出る決意をかためる。

「とにかく今日は帰れ！　命を捨《す》てて何かを為《な》すのは最後の手段だ。自暴自棄《じぼうじき》になってすることじゃない!!」

そう叫ぶなり、リウイはいちばん近くにいた男のひとりを殴《なぐ》り飛ばした。

そしてふたりめの腹に蹴りを入れる。

ふたりは一瞬で昏倒《こんとう》し、地面に倒《たお》れた。

「そいつらを連れて、すぐに逃《に》げろ。騒《さわ》ぎに気づいて、ロドーリルの兵士がやってくるまえにな」

リウイはそう怒《ど》鳴《な》った。

あまりにも一瞬の出来事だったので、男たちは呆然《ぼうぜん》となり、リウイに抵抗してくることはなかった。

意識を取り戻《もど》し、呻《うめ》き声をあげるふたりの男を抱え起こし、よろよろと立ち去ろうとする。

だが、そのとき――

「貴様《きさま》ら！　そこで何をしている？」

鋭《するど》い声がリウイの背後《はいご》から響《ひび》いた。

大通りを巡回していた兵士たちに見つかったのだ。

（まずいな）

リウイは唇《くちびる》を噛《か》んだ。

自分ひとりなら、逃げるのは簡単《かんたん》だ。

だが、男たちは間違《まちが》いなく捕《つか》まるだろう。彼が殴った男も蹴りを入れた男も、まともに走れるとは思えない。

（うまくゆかないもんだな……）

強硬手段に訴《うった》えなければ、男たちを止められなかったわけだが、この状況《じょうきょう》は最悪である。

「ど、どうか、お助けください！」

一瞬、考えたあと、リウイは両手を広げながらそう叫び、兵士たちのほうへ駆《か》け寄っていった。

「あ、怪《あや》しい男たちを見つけたんで声をかけたら、いきなり殺されそうになったんです。あれはきっと女王様を襲《おそ》おうとしていたに違いありません」

リウイはそう言って、兵士のひとりにすがりついた。

「助けてください、助けてください」

そして必死に繰り返す。

今はとにかく、男たちが逃げる時間を稼《かせ》ぐのが肝心《かんじん》だった。

「男たちは、他にも仲間がいると言っていました。たしか向こうの方だと……」

リウイはそう言って、大通りの反対側、宿屋から数軒、離《はな》れたところにある路地《ろじ》を指さす。

「分かったから、はやく離せ！　おまえみたいな大男にまとわりつかれたら、一歩も動けないではないか」

「こ、これは申し訳ありません。つい取り乱してしまいまして……」

それが目的ですがりついたわけだが、リウイはあわてたふりをして、兵士を離した。

兵士たちは顔を見合わせると、男たちが逃げた方向と、リウイが示した方向へと二手に分かれて走りはじめた。

「ご褒美《ほうび》などいりません。女王様のお役に立てたのだとしたら、嬉《うれ》しいかぎりでございます」

リウイは兵士たちに恭《うやうや》しくお辞儀《じぎ》をして、その場から立ち去ろうとした。

だが、遅《おそ》かった。

ジューネを乗せた輿《こし》が、ちょうどやってきていたのだ。

「何事か？」

ひとりの男が進みでてきて、兵士のひとりを呼び止めた。

（まずいな……）

リウイは心のなかでつぶやきながら、その場で平伏《へいふく》しようとした。

だが、誘惑《ゆうわく》にかられて、輿の上につい視線を向けてしまった。そしてそこに横になっていた女性と、まともに視線が合ってしまった。

女性の目が一瞬《いっしゅん》、細くなる。

背筋に冷たいものが走るのを感じながら、リウイは顔を伏《ふ》せ、地面に畏《かしこ》まった。

「怪しい男たちが、潜《ひそ》んでいたようです。そこにいる男がそれに気づき、問いただしたところ、殺されそうになり、我々に助けを求めてきたのです」

兵士は緊張《きんちょう》した声で報告を行った。

「そうか……。全力をあげて、その男たちを捜《さが》しだせ。見つけたら、その場で斬《き》り捨てろ……」

男は感情を押《お》し殺した声で、兵士たちに命令した。

「かしこまりました！」

兵士たちは震《ふる》える声で言うと、弾《はじ》かれたように走りだす。

「おまえには褒美をとらさないといけないな……」

男の声がして、鉄靴《てっか》の足音がリウイのほうに近づいてきた。

「いえいえ、褒美など……」

リウイは追従《ついしょう》の笑《え》みを浮《う》かべながら顔をあげた。

その瞬間、何が起きたのか理解するより早く、彼の身体《からだ》は自然に動いていた。

地面を数度、横に転がってから、立ち上がる。

次の瞬間、リウイがいたその場所に、剣《けん》が振《ふ》り下ろされていた。

太陽の光に刀身が、不気味《ぶきみ》な赤色に輝《かがや》く。

すでに鮮血《せんけつ》にまみれているのかと思ったが、そうではなかった。刃《やいば》の色がもともとそうだったのだ。尋常《じんじょう》な剣でないのは間違いない。

だが、今はそれを詮索《せんさく》している暇《ひま》はない。

「な、何をなさいます」

リウイは声を震わせた。

演技《えんぎ》ではない。恐《おそ》ろしいばかりの殺気《さっき》を感じ、自然にそうなったのだ。

「今、兵士に命令したとおりだ。怪しい奴は、その場で斬り捨てる。そしてオレの目にはおまえこそがもっとも怪しく映った……」

「あ、怪しい者などではございません。わたしは、エレミアより参った行商人でございます。ここに身分証もありますし、カーネル将軍様より滞在《たいざい》許可ももらっております。荷が届くのを待ち、商《あきな》いをいたそうと……」

自慢《じまん》できることではないが、リウイは嘘《うそ》をつくのが苦手ではない。ミレルに鍛《きた》えられたこともあり、演技力にはむしろ自信があるぐらいだ。

正体を見破られたとは思えない。

それでも目の前にいる男は、リウイを斬り捨てようとした。彼自身が言ったように、怪しいからという理由だけで……

（こいつ、何者なんだ？）

まっとうな人間とはとても思えない。

「オレの剣を、ただの商人ごときが避《よ》けられるはずがない。怪しい奴を見かけたと言って、我らを油断《ゆだん》させ、女王陛下《へいか》に近づこうという魂胆《こんたん》なのだろう？」

男はそう言うと、剣を構《かま》えた。

「め、めっそうもございません」

リウイは必死に弁明《べんめい》したが、正直、言い逃《のが》れるとは思えなかった。なんとか隙《すき》を見つけて、逃《に》げだすしかない。

そのときである。

「ヒュード！」

空気を切り裂《さ》くような鋭《するど》い声が、突然《とつぜん》、響《ひび》いた。

女性の声である。

一瞬だけ、リウイは声のほうに視線を向ける。と、輿から降り立った鉄の女王ジューネの姿があった。

「話を聞いていたが、その者に罪はなかろう。むしろ、わたしのために、危ない目に遭《あ》ったのではないか？　無礼《ぶれい》なことをするではない……」

女王ジューネは毅然《きぜん》として言うと、ヒュードに下がるよう命じた。

ヒュードは無言で、命令に従う。

「そなたには、まこと申し訳ないことをした。将軍の行為《こうい》は、わたしの身を案《あん》じてのこと。どうか、許してほしい……」

女王はリウイを振り返り、妖艶《ようえん》な笑みを浮かべた。

「いえ、光栄にございます。女王様」

リウイは安堵《あんど》の息をつきながら、身体をふたつに折らんばかりに礼をした。

本当に、危ないところだった。

だが、まだ安心できる様子ではない。

窮地《きゅうち》を救ってくれたのは、他《ほか》でもなくロドーリルの鉄の女王ジューネなのである。彼女に関する噂《うわさ》は、リウイの耳にもいろいろ入っているが、そのすべてが彼女の冷酷《れいこく》さ、残忍《ざんにん》さを伝えている。

「詫《わ》びと礼をしたいゆえ、どうかわたしと一緒《いっしょ》にきてほしい。遠征先《えんせいさき》ゆえ、たいしたもてなしはできぬが……」

そう言うなり、女王は返答も待たず、従者《じゅうしゃ》の助けを借りて輿にもどった。

予想もしなかった申し出だった。どういう目的で、リウイを招《まね》こうとしているのか見当もつかない。

無論、断って、この場からさっさと逃げたほうがいいに決まっている。だが、どう考えてもそれができるような雰囲気《ふんいき》ではない。

周囲には鮮血の将軍ヒュードをはじめ、近衛隊《このえたい》の兵士が何十人といるのだ。

(それなら、いっそ……)

リウイは瞬時に覚悟《かくご》を決めた。

「喜んでお供《とも》します」

リウイは輿のうえのジューネに向かって、満面の笑みで言った。

(オレを殺すのが目的なら、ヒュードを止めはしなかっただろう。このままついていっても大丈夫《だいじょうぶ》ってことだ)

リウイはそう自分に言い聞かせる。

（いろいろ確かめたいこともあるしな……）

そして鮮血の将軍ヒュードに、あらためて視線を向けた。

ヒュードは年齢《ねんれい》は三十から四十のあいだといったところ。呼び名とは異なり、その表情は理知的《りちてき》で、狂気《きょうき》のようなものは微塵《みじん》も感じられなかった。

だがこの男は、さしたる理由もなく、リウイを斬《き》ろうとした。それも尋常ならざる赤い刀身の剣で……

リウイは行列の最後尾《さいこうび》につくと、周囲の兵士たちに追従の笑みを振りまきながら、背中を丸めて同行した。

ロドーリルの鉄の女王ジューネの一行に——

2

「いったい、どういうことなのよ～」

ミレルが泣き声をあげながら、アイラの胸に飛びこんでいった。

「そんなことを言われても……」

アイラは血の気の失《う》せた顔で答えた。

リウイが外へ飛びだしていったとき、アイラはもちろん止めようとした。だが、彼の行動はそれより早かった。

たしかにあのままでは、鉄の女王ジューネを狙《ねら》っていた男たちは、殺されていただろう。だからと言って、リウイがそれを援《たす》けてやる理由はない。

だが、とっさの場合、彼は直感を優先させて行動する。

アイラは呆然《ぼうぜん》と天井《てんじょう》を見上げながら、まったく自覚《じかく》なく、泣きじゃくるミレルを抱《だ》きよせ、その髪《かみ》をなでていた。

「近衛隊の男が剣《けん》を抜《ぬ》いたときには、どうなることかと思ったが、おそらく鉄の女王がそれを制したようだな」

ジーニが呪払《のろいばら》いの紋様《もんよう》を指でなぞりながら、言った。

「あれしきのことで、死ぬような人ではありませんわ」

メリッサはそう言いながらも、胸のまえで手を組みつづけていた。

「どういう話があったのかは分からないが、リウイは危《あや》ういところを鉄の女王に救われ、あの女の一行についていったということだ。鎖《くさり》も縄《なわ》もかけられていなかったから、捕虜《ほりょ》になったわけではないだろう」

ジーニが腕《うで》組《ぐ》みをしながら冷静に分析《ぶんせき》する。

「へらへらと笑っておられましたね……」

メリッサはそう言って、不本意《ふほんい》ですがとつづけた。

「もしかして、鉄の女王に気に入られちゃったとか？」

ミレルがアイラの胸から顔をあげ、潤《うる》んだ目で、ジーニとメリッサを見つめる。

「あの男のことだからな。そういうことがあっても驚《おどろ》きはしないが……」

ジーニがミレルのつぶらな瞳《ひとみ》から逃《のが》れるように、メリッサを見つめた。

「同感ですわ」

メリッサが顔を赤らめながら、咳払《せきばら》いをひとつした。

「どうしよう、アイラ？　あの女にリウイが食べられちゃうよ！」

「由々《ゆゆ》しきことね」

ミレルの悲鳴にも似た声に、アイラはずり落ちそうになっていた魔法《まほう》の眼鏡《めがね》を直しながら言った。

「そういう目的で気に入られたのなら、ことが済めば殺される可能性もあるかもしれないし……」

「急いで助けださないと！」

ミレルが言うなり、席から立とうとする。

「あわてるな、ミレル」

ジーニが素早《すばや》く黒髪の少女の襟首《えりくび》をつかみ、彼女を席へとひきもどした。

「あの行列を見るだけでも、ロドーリルの警備《けいび》がいかに厳しいか、分かるだろう。いきなり行っても捕《つか》まるだけだ」

「そうかもしれないけど……」

「オーファンの歓楽街《かんらくがい》で、女殺しとまで言われたあいつのことだ。一晩《ばん》や二晩で飽《あ》きられるとは思えない……」

ジーニはわずかに赤面しながら言った。

「そんなこと、あたし分からないよぉ。相手してもらったことないんだから」

ミレルが激《はげ》しく首を横に振《ふ》る。

「過去には、目をつぶるとしても、今のリウイは、わたしと婚約《こんやく》しているのだから……」

アイラがぶつぶつと言う。

「他の女とそういうことをしてほしくない……。でも、おかげで、命を救われたのかもしれないのよね……」

アイラはそして突然《とつぜん》、思考《しこう》を停止させ、テーブルに突《つ》っ伏《ぷ》した。

「あの方が、どういう理由で連れ去られたのかは分かりませんが、一刻《いっこく》も早く救いだしたほうがいいに決まっています。ここはわたしたちが頑張《がんば》らなければ……」

「そ、そうだよね」

ミレルが表情を輝《かがや》かせてうなずいた。

「もともとは、わたしたち三人でなんでもやっていたんだもの。囚《とら》われの王子のひとりぐらい救いだすのなんて、簡単だわ……」

「こういうときに囚われるのは、普《ふ》通《つう》、お姫《ひめ》さまではないのかしら……」

テーブルに突っ伏していたアイラが、むくりと起きあがって言った。

「それに、わたしを忘れないでほしいわ。お父さまの商会は、ラムリアースから無の砂漠《さばく》の南を通る秘密の街道《かいどう》を通ってロドーリルともひそかに交易《こうえき》をしているのよ。いろいろと伝手《つて》はあるはずだわ」

「それは、密貿易《みつぼうえき》と言うのではありませんか？」

メリッサが眉《まゆ》をひそめる。

「些《さ》細《さい》なことだわ」

アイラはあっさりと答えた。

「わたしもいろいろ手を尽《つ》くせるということよ。三人だけで、なんとかしようとは思わないでほしいわね。人間に物欲と金銭《きんせん》欲があるかぎり、わたしたち商人は無力ではないのよ……」

「なるほどな」

ジーニが笑いながら、アイラに手を差しだした。

アイラは、それに自分の手を重ねる。

ミレルとメリッサもそれに倣《なら》った。

そして四人は、オーファンの王子をロドーリルの女王から救出することを、あらためて誓《ちか》いあったのである――

3

その頃《ころ》、そのオーファンの王子は、かつてプリシスの王族が暮らしていた宮殿の広間《ひろま》にいた。

鮮血《せんけつ》の将軍ヒュードやロドーリルの軍制《ぐんせい》で言うところの百人隊長たちが、大きなテーブルについてじっとしている。

リウイはその末席《まっせき》で、居心地《いごこち》悪そうにしていた。

ときどき、百人隊長たちが向けてくる視線《しせん》が痛《いた》い。

しかし鮮血の将軍ヒュードだけは、リウイの存在など意識していないかのように振る舞《ま》っていた。

い思えない。

彼の心情は、リウイにはまったく分からない。ひとつの村を皆殺《みなごろ》しにした男とはとうてい思えない。

だが、危険な男であることは、リウイは身をもって知っている。一瞬《いっしゅん》でも動きが遅《おく》れていたら、命はなかっただろう。そして鉄の女王ジューネが救いの手を差し伸《の》べてくれていなかったら……

その鉄の女王の姿は、今はない。

本来なら、この席の主役であるはずなのだが、リウイがここに案内されてから、まだ一度も姿を見せていない。そしてここにいる誰《だれ》もが、それを不審《ふしん》には思っていないようなのだ。

（いったい、どうなっているんだ？）

様々な覚悟《かくご》を決めて、ここまでやってきたものの、こういう状況《じょうきょう》になるとはまったく想像もしていなかった。

そしてそのとき……

「みなさん、お待たせしました……」

穏《おだ》やかな声がして、料理を盛《も》った大皿を手にした女性が、広間に入ってきた。

清楚《せいそ》な雰囲気《ふんいき》の漂《ただよ》う、波うつ黒髪《くろかみ》を頭の後ろで束《たば》ねた女性だった。年齢《ねんれい》は二十歳《はたち》をいくつかすぎたくらいか。

その女性に続き、何人もの侍女《じじょ》が、料理と飲み物を持ってくる。

「調理場《ちょうりば》がいつもとは違《ちが》うので、勝手がわからなくて……」

女性はそう言うと、料理をテーブルに置き、上座《かみざ》へと回った。

その瞬間、全員がざっと立ち上がる。

何事なのかは分からなかったが、リウイもそれに倣った。

「それでは、神の恵《めぐ》みに感謝し、晩餐《ばんさん》をいただきましょう……」

女性はにっこりと微笑《ほほえ》むと、上座に腰《こし》を下ろした。

「ま、まさか……」

それを見た瞬間、リウイはすべてを悟《さと》った。

「女王様……ですか？」

「ええ、そうです。化粧《けしよう》を落としたので、お分かりにならなかったかしら？」

女性はそう答えると楽しそうに微笑んだ。

「民《たみ》のまえに立つには、威厳《いげん》が不足していると皆から言われて、あのような姿をしておりますの」

ジューネはそう言うと、リウイに席にもどるよう勧《すす》めた。

リウイは呆然《ぼうぜん》となって、すとんと腰を落とす。

噂《うわさ》を聞いて、これまで彼女に対し抱《いだ》いていたイメージが音を立てて崩《くず》れ去ってゆく。

リウイは完全に困惑《こんわく》し、侍女たちが大皿から小皿に移してくれた料理をただ口に運び、酒杯《しゅはい》にそそがれた葡萄酒《ワイン》でそれを飲みこんでゆく。

（いったい、どういうことなんだ？　そして、これからどうなるんだ？）

リウイはそう自問《じもん》してみたが、答えは何も思い浮《う》かばない。

分かっているのは、自分の運命がこの謎《なぞ》めいたロドーリルの女王に委《ゆだ》ねられているということだけであった——

第2章　囚《とら》われの王子

1

それは不思議《ふしぎ》な光景だった。

大きなテーブルを十数人もの屈強《くっきょう》の戦士《せんし》たちが囲《かこ》み、食事を取っている。

誰も、何も話さない。食器《しょっき》の鳴る音や椅子《いす》の軋《きし》む音が、響《ひび》くだけ。

だが、重苦しい雰囲気《ふんいき》ではない。戦士たちの表情は、一日中遊びまわって我《わ》が家《や》へ帰ってきた子供のように満ち足りている。

彼らの女主人であるロドーリルの鉄の女王ジューネは、戦士たちの様子を母親のような微笑《びしょう》を浮かべながら見つめている。

先程まで感じていた居心地《いごこち》の悪さもいつのまにか消え、リウイも落ち着いた気分で、料理を口に運び、酒で喉《のど》を潤《うるお》していった。

高価《こうか》な食材《しょくざい》を使っているわけではないが、手間《てま》を惜《お》しまず、食材をうまく活《い》かし、質素《しっそ》ながらも奥深《おくぶか》い味わいの料理ばかりだった。

これらの料理は、ジューネ自らが調理場《ちょうりば》に立って作ったというのだ。

酒も決して上物ではないが、料理に合うように選ばれている。

（ある意味、最高の晩餐《ばんさん》だな）

リウイは心の底から感心した。

エレミアの後宮《ハーレム》での酒宴《しゅえん》は贅《ぜい》を尽《つ》くしたものだったが、ここは心が尽くされている。

晩餐は静かだが、寛《くつろ》いだ雰囲気のまま進んでいった。

そして――

「プリシスの民は、わたしを愛してくれるかしら？」

食事があらから片づいたとき、ジューネがわずかに不安そうな表情を見せながら、そうつぶやいた。

「間違《まちが》いなく」

断《だん》ずるように答えたのは、鮮血《せんけつ》の将軍ヒュードであった。

リウイは目を糸のように細めて、ヒュードを見つめる。

このプリシスの街で行われた虐殺《ぎゃくさつ》と略奪《りゃくだつ》は彼の指図《さしず》だとされている。ロドーリル統一戦《とういっせん》争《そう》のおりにはたったひとりで、ひとつの村の住人を皆殺《みなごろ》しにしたとの噂《うわさ》も聞いた。

出会ったときも、さしたる理由もなくリウイを斬《き》りすてようとした。

だが、ジューネにその行為《こうい》を叱責《しっせき》されたあとは、リウイがここに同席《どうせき》していることになんの異議《いぎ》も唱《とな》えない。

「そう、それだと嬉《うれ》しいわ。わたしは、領民《りょうみん》すべてに愛されたいから……」

ジューネは静かに微笑《ほほえ》むと、今度はリウイに視線を向けてきた。

(きれいごとを言ってるようには、見えないな……)

素顔《すがお》のジューネは、表裏のない性格のように見える。彼女は、本当に領民から愛されたいと思っているようだ。

(それにしては、世間に流布《るふ》している噂との落差《らくさ》が大きいよな……)

リウイがオランやミラルゴで聞いた噂は、彼女の残酷《ざんこく》さや邪悪《じゃあく》さを伝えるものばかりだ。

ロドーリルの鉄の女王がどういう人間なのか見てやろうと思い、リウイはこの危険《きけん》な街にやってきた。

まさか、こうして食事を一緒《いっしょ》にする機会《きかい》があるなど想像もしていなかった。だが、そのせいでリウイはむしろ混乱している。素顔の彼女を見ると、疑問がふくれあがってゆくばかりだ。

「そう言えば、そなたの名を訊《き》いていなかったな」

ジューネがリウイを振《ふ》り返ると、そう訊《たず》ねてきた。

「ルーイという名のエレミアの交易商《こうえきしょう》でございます。これまでは、中原地方の国々と商売しておりましたが、新しい交易をはじめようと思い、女王様のもとへとやってまいりました」

リウイは追従《ついしょう》の笑顔を浮《う》かべて答えた。

偽名《ぎめい》や嘘《うそ》の経歴《けいれき》は、オランを発《た》つときから使ってきたもので、すらすらと口から出る。

エレミアの商人を名乗っているのは、旅の仲間が全員、女性でも納得《なっとく》してもらえるからだ。エレミア王国の後宮《ハーレム》は、大陸中に知れ渡《わた》っており、エレミア人は一夫多妻が当たり前だと思われている。実際《じっさい》にそれをしているのは、本当に裕福《ゆうふく》なごく限られた人々だけなのだが。

「ルーイ……」

ジューネはまるでその名を自らの心に刻《きざ》みつけるかのように、数度繰《く》り返した。

「そなたも、わたしを愛してくれるか？」

ジューネは上目遣《うわめづか》いの視線で言った。その表情には恥《は》じらいさえ感じられる。

「もちろん敬愛《けいあい》しております。それゆえ、この国へ参ったのです」

リウイはもっとも無難《ぶなん》な答えを選んだ。愛という言葉の意味は広いから、うかつなことを言うわけにはゆかない。

「そうか……」

ジューネはうなずいたが、その表情はわずかに寂《さび》しそうにも見えた。

「そなたには、もっとわたしのことを知ってほしいものだ……」

ジューネはそう言うと、リウイに微笑みかける。

その女王の言葉を聞いて、鮮血の将軍ヒュードが驚《おどろ》いたような表情で、リウイを振り返った。椅子からなかば腰《こし》を浮かせてさえいる。

リウイは緊張《きんちょう》を覚えた。

無難な答えを選んだつもりだったが、それでもヒュードにとっては聞き捨てならないものだったのだろうか。

「な、なんでしょうか？」

リウイは怯《おび》えたようにヒュードに訊ねてみた。とにかく、この男には用心せねばならない。

「いや、なんでもない……」

ヒュードはそう答えると、ゆっくりと首を横に振った。

リウイはほっと息をつく。

「わたしは、しばらくこの街に滞在《たいざい》するつもりです。そのあいだ、そなたにも、この屋敷《やしき》で過ごしてほしい。我が国で商売することも無論、許可しましょう。エレミアからの富がもたらされれば、人々はより豊かになるでしょうから……」

ジューネはあらためて、リウイに言った。

「ありがとうございます」

リウイは食卓《しょくたく》に額《ひたい》がつくほどに頭を下げた。

だが心のなかではまだ疑問が渦巻《うずま》いている。

リウイは確かに、女王を襲撃《しゅうげき》しようとした暴漢《ぼうかん》を蹴散《けち》らした。だが、それぐらいのことで、これほどの厚遇《こうぐう》を受けられるとは思えない。

(女王が、オレに何を求めてくるかだよな……)

男として求められたのだろう、とリウイは最初、思っていた。

彼の並外れた体格《たいかく》に興味を抱《いだ》く女性がいることは知っている。オーファンの王都の歓楽《かんらく》街《がい》で遊んでいた頃には、男娼《だんしょう》にならないかと勧誘《スカウト》されたことも一度ならずあったほどだ。

先ほどのジューネの言葉は、それを暗示《あんじ》させる。

だが、直感でしかないが、男を誘《さそ》っている目ではなかった。

(だったら、なんでだ？)

そう自問してみるが、答が見つからない。それで、リウイは当惑《とうわく》している。うまく口実を見つけて、ここを去るか、いざとなれば強引に脱出《だっしゅつ》しようと思っていたが、そうもゆかないような状況《じょうきょう》になりつつある。

（ジューネという女と、ロードリルという国をもっと見極《みきわ》めないことにはな）

リウイはそう心のなかでつぶやくと、女王の勧《すす》めに従い、ここにしばらく逗留《とうりゅう》する決心をかためた。

2

晩餐は終わり、ロードリルの女王ジューネはいったん席をたった。

晩餐の後片づけをするためだという。

それを聞いても、リウイはもう驚かなかった。

百人隊長たちはひとりずつ女王と抱擁《ほうよう》し、部屋から去っていた。それぞれの任務《にんむ》にもどっていったのだ。プリシスとの戦《いくさ》に勝利したとは、この街の治安維持《ちあんいじ》や反抗勢力《はんこうせいりょく》の制圧など、彼らにとっても緊張の日々が続くだろう。

女王は、リウイのために、部屋を用意してくれていた。荷物はすべて宿屋に置いてあるが、必要なものはたいていそろってあり、このままでも生活はできた。

リウイは服を脱《ぬ》ぎ、身体《からだ》を湯で拭《ふ》いてから、ゆったりとした部屋着に着替《きが》えた。

そして寝台《しんだい》に腰をかけ、深く腕組《うでぐ》みをする。

「うーん、まるで結婚《けっこん》初夜の花嫁《はなよめ》の気分だぜ……」

リウイは苦笑《にがわら》いする。

「とにかく、仲間たちに会って、事情を説明しないことにはな……」

リウイは声にだしてつぶやく。

ジーニたちもきっと心配していることだろう。

おそらく、なんらかの行動を起こしているに違《ちが》いない。無茶《むちゃ》はしないでほしいと、リウイは願った。

監禁《かんきん》されているわけではないから、外出を願えば許されるはずだ。

リウイはそう決めると、部屋を出ようとした。

だが、そのとき、突然《とつぜん》、扉《とびら》をたたく音がした。

「どなたでしょう?」

リウイはおどおどとした口調《くちょう》で言った。

「ヒュードだ……」

その答えに、リウイの表情が険《けわ》しくなる。もっとも顔を見たくない男だった。

だが、断るわけにはゆかない。

「なんでございましょう……」

リウイは緊張しつつ、扉を開けた。

いきなり斬《き》りつけられるかもしれないから、油断《ゆだん》もできない。

扉の外にいたのはヒュードひとりだった。彼も鎧《よろい》ではなく、リウイと同じような服に着替えていた。例の真紅《しんく》の刀身《とうしん》の剣《けん》は帯《お》びていない。

この恐《おそ》るべき戦士なら、たとえ素手《すで》でも簡単に人を殺せるだろう。だが、素手での戦いなら、負けるつもりはない。

「入らせてもらうぞ」

ヒュードはそう言うと、返事も待たず、部屋へと入ってきた。

リウイは彼に椅子《いす》を勧め、自身は媚《こ》びるような笑《え》みを浮かべ、前に立つ。

「おまえも座《すわ》れ……」

ヒュードがちらりとリウイを見上げて、そう呼びかけてきた。

うなずいて、リウイはヒュードと向かいあうように椅子を置き、そこに腰を下ろした。

リウイは上目遣《うわめづか》いにヒュードを見つめてみる。だが、その表情から何を考えているかは読めない。

「この国に何をしにきた？」

ヒュードはそう呼びかけてきた。

「商売でございます。中原との交易がもうひとつうまくゆかず、新しい交易をはじめるには、この国しかないと思いまして……」

リウイはよどみなく答えた。

「オレが聞いているのは、おまえの本当の目的だよ。オーファンの王子リウイ」

ヒュードは糸のように目を細め、リウイに呼びかけてきた。

「なんのことですか？」

リウイは背筋《せすじ》に冷たいものが走るのを感じながら、そう答えてみた。

だが、言い逃《のが》れができるとはとても思えない。

(腹をくくるしかないみたいだな)

リウイは心のなかでつぶやいた。

「……いつから、気づいていた？」

リウイは普段《ふだん》の口調にもどり、態度《たいど》もそれに合わせる。

「つい、さっきだな。部屋でおまえのことを考えていてようやく思いいたったよ。ただものではないとは感じていたが」

「ただの冒険者《ぼうけんしゃ》さ。王子とはいえ、妾腹《しょうふく》だからな。面倒《めんどう》にならないよう、国をでてきたんだ」

リウイはそう言って、苦笑《くしょう》を浮《う》かべた。

「だが、おまえの名は、オレのもとにも届《とど》いてる。ザイン、エレミア両国とオーファンと国交を結《むす》び、オランの食客《しょっかく》でもある。そしてミラルゴと湿原《しつげん》の民《たみ》の戦いにも、おまえはかかわっていたはずだ」

「否定はしないが、噂《うわさ》というのは尾《お》ひれがつくものだからな。どの国でも普通に冒険者をしていたら、騒動《そうどう》に巻き込まれてしまっただけだ」

リウイは肩《かた》をすくめてみせる。

「それで最初の質問だ。なにが目的で、この国にやってきた？」

「あんたの女王を殺すためかもしれないぜ……」

リウイは真顔で言ってみた。

「だとしたら、どうする？」

「どうもこうもない。オレの使命は、陛下《へいか》をお守りすることだ。相手が誰《だれ》であれな」

「オレを殺すつもりなら、手下を連れてくるなり、剣を持ってきたはずだよな」

リウイはヒュードに訊《たず》ねてみた。

「最初に会ったときは、問答無用《もんどうむよう》で斬りかかってきたあんただ。女王にとって危険と思えば、たとえ確証がなくても排除《はいじょ》するのだろう？」

「そのとおり。あのとき、おまえを殺せなかったのは不覚《ふかく》だったよ」

ヒュードは悔《くや》しそうな表情を見せた。

「今なら、できるだろう？」

なぜ、しなかった、とリウイは訊ねてみる。

「女王が、おまえのことを気に入ったみたいだからな。おまえを殺せば、女王が悲しむ」

「ジューネ女王か……」

リウイは思わずため息をついた。

「噂はいろいろ聞いていたが、どれひとつ彼女のことをよく言うものはなかった。冷酷《れいこく》で残虐《ざんぎゃく》な鉄の女王。魔物《まもの》と契約《けいやく》し、永遠の若さを手に入れ、大陸の支配を目論《もくろ》んでいる……」

リウイはそう言って、ヒュードの反応を見た。

「噂というものは尾ひれがつく。まさにおまえが言ったとおりだよ」

ヒュードは気にする様子もなく答えた。

「実際に女王と会って、おまえはどう感じた？」

「難しい質問だな。それでオレは今、困惑《こんわく》している。女王が噂どおりの女性なら、オレはもうこの国を去っていただろう。オランン、ミラルゴはロドーリルと戦う決意をかためつつある。両国には縁《えん》もあるし、恩義《おんぎ》もあるから、オレも手伝うつもりだった……」

　リウイはそう答えると、深くため息をつく。

「だが、女王はそうじゃなかった。物静かで家庭的な女性に見えた」

「そのとおり、それが鉄の女王の真の姿だよ。世間《せけん》にはほとんど知られていないがな」

　ヒュードはそう言って冷ややかな笑みをもらす。

「ああ、想像もしなかった」

　リウイは素直《すなお》にうなずいた。

「だが、そんな彼女がなぜ他国を侵略《しんりゃく》している？　それがオレには理解できない。それとも野心を持ってるのは、彼女じゃなくあんたなのか？」

「どちらでも同じだな。女王ジューネはロドーリルを統一し、バイカルやプリシスを侵略した。その事実は、変わるまい？」

　たしかにそのとおりだ。たとえ、侵略を行っているのが配下《はいか》だとしても、それを制止できないのなら、それは統治者《とうちしゃ》の責任というしかない。

「そうだな。女王がどういう女性であろうと、ロドーリルが侵略国家であるという事実は変わらない」

リウイはため息をついた。

「もし、オラン、ミラルゴと戦争になったら、ロドーリルが生き延《の》びることはできないと、オレは思うがな」

リウイはあえて挑発《ちょうはつ》するように、ヒュードに言ってみた。

「そうかもしれんな……」

ヒュードは静かにうなずいた。

「だが、戦《いくさ》というものはやってみないとわからないものだ。まさか、こんな小都市ひとつを攻《せ》め落とすのに、十年もの年月がかかるとは思いもしなかった」

「プリシスにはあいつが……〝指《さ》し手〟ルキアルがいたからだと聞いているが？」

リウイがルキアルの名を言うと、ヒュードははじめて嫌悪《けんお》の表情を見せた。

煮《に》え湯《ゆ》を飲まされることが多かったのだろう。

「ルキアルめ、ロマールの軍師《ぐんし》となったのはいいが、失態《しったい》続きで今や失脚寸前《しっきゃくすんぜん》との噂だな」

そう言って、ヒュードが冷ややかに笑う。

「そんな噂が？」

初耳《はつみみ》だったので、リウイは驚《おどろ》いた。

そして自分のせいかもしれない、と苦笑する。

〝指し手〟はオーファンを王位継承《おういけいしょう》問題で混乱させ、その隙《すき》にザインを征服《せいふく》しようと目論んでいた。

だが、オーファンの継承問題はあっさりと片がつき、ザインもラムリアース、オーファンと同盟《どうめい》を結び、ロマールの侵攻《しんこう》を退《しりぞ》けた。

そのいずれにもリウイが渦中《かちゅう》の人だったのだ。まったく意図《いと》しなかったのだが、ルキアルの企《くわだ》てた陰謀《いんぼう》をことごとくつぶしてしまったのである。

リウイの常識はずれな行動が、ルキアルにとって想定外であったらしい。

しかし、戦争は遊戯《ゆうぎ》ではなく、人間はその駒《こま》ではない。思いどおりに動かなくて、あたりまえなのだ。

「たしかに戦というものはなにが起こるかわからない。だが、戦力的に優位《ゆうい》なほうが勝つことが多いのも間違《まちが》いない」

リウイは話題をもどして言った。

「プリシスを征服した今や、ロドーリルはそれなりの大国だ。あまり欲張《よくば》ると、すべてを失うことになりかねないぜ」

「我々には、失うものなどなにもないのだよ……」

ヒュードはそう言うと、自嘲《じちょう》の笑《え》みをもらした。

「言ってる意味が、わからないぜ」

リウイは不満そうに首を横に振《ふ》った。

「わかってもらおうとは思わん」

ヒュードは吐《は》き捨《す》てるように言う。

「それで、オレをどうするつもりだ？」

リウイはわずかに肩《かた》をすくめた。

「どうもせんよ。おまえが危険な人間なのは間違いないが、今は害がなさそうだからな。なにより、女王はおまえが側《そば》にいることを望んでいる」

ヒュードはそう言うと、話はこれまでだというように席を立った。

「去りたければ、いつでも去るがいい」

そしてヒュードは部屋から出て行った。

リウイは椅子《いす》から立ち上がろうともせず、会釈《えしゃく》ひとつで鮮血《せんけつ》の将軍を見送った。

「ますます訳が分からなくなってきたぜ……」

リウイは頭を抱《かか》え、髪《かみ》をかきむしった。

女王ジューネもそうだが、その第一の側近であるヒュードも正体がつかめない。

「いったい、ロドーリルって国はなんだというんだ？」

リウイはため息をつくと、用意されていた酒瓶《さかびん》に、そのまま口をつけ一気にあおった。

3

プリシスの大通りに面した宿屋の一階にある酒場で、ジーニ、メリッサ、ミレル、アイラの四人は疲《つか》れきった顔で、ひとつのテーブルを囲《かこ》んでいた。

リウイが連れ去られたのは、昨日の昼。夜になり朝になっても帰ってくることはなかった。

そして一夜が明けた。

「さてと……」

ジーニがかるく咳払《せきばら》いをした。

「行動開始とゆくか？」

その言葉に、他の三人が神妙《しんみょう》な表情でうなずく。

「目的はリウイに接触《せっしょく》することだ。方法はそれぞれ考える。いいな？」

「承知しておりますわ」

メリッサが戦の神の名を唱《とな》え、静かに席を立つ。

「まかせて」

ミレルは椅子から飛《と》び跳《は》ねるように床《ゆか》に立った。

「さて、どうしたものかしらねぇ……」

アイラはつぶやきながら、いちばん最後に立ち上がる。

そして四人は宿屋の主人に挨拶《あいさつ》し、ひとりずつ外へと出ていった。

「まずは正攻法よね……」

そうつぶやいたのは、ミレルである。彼女は子供、それもどちらかといえば男の子に見えるような服装《ふくそう》をしていた。

それができてしまう自分が情けないが、今は手段を選んではいられない。

「かならず助けるからね、リウイ」

ミレルは声にだしてつぶやいた。

そして彼女がまずしたのは、顔や手足、それに衣服を汚《よご》すことだった。わざとらしくないぐらいに、かぎ裂《ざ》きやほころびもつくる。

「ボクは戦《いくさ》で両親も兄弟も失った。もう何日もご飯を食べていない。新しくやってきた女王様なら、なにかを恵《めぐ》んでくれるかもしれない……」

ミレルは口のなかで繰《く》り返しつぶやいた。

いくらたくみに変装《へんそう》しても、気持ちが入らなければ人を欺《あざむ》くことはできないものだ。

ミレルはふらふらとした足取りで、女王が滞在《たいざい》しているかつてのプリシス王が暮らしていた宮殿へと向かった。

朝の大通りにもかかわらず、人の姿はほとんどない。

ファンの街なら、今ぐらいの時間には朝市がたち、近隣《きんりん》から集められた新鮮《しんせん》な食材《しょくざい》が並べられているはずだ。

そういう露天《ろてん》をしきるのも、実は盗賊《とうぞく》ギルドの仕事なのである。

(街が平和で、人々が豊かでこそ、あたしたち盗賊は稼《かせ》ぎができるのよね)

ミレルはしみじみと思った。

いくら彼女に腕《うで》があっても、財布《さいふ》を持っていない人間からはスリようがない。

しばらく歩き、ミレルは目指す屋敷に着いた。屋敷は塀《へい》で囲まれ、なかの様子は窺《うかが》いしれなかった。

この屋敷は、この城砦都市《じょうさいとし》をめぐる戦の最後の舞台《ぶたい》でもあり、壮絶《そうぜつ》な死闘《しとう》が繰り広げられたと聞いている。

塀には戦の傷跡《きずあと》が、まだ生々《なまなま》しく残っていた。

ミレルは屋敷のまわりをぐるりと回ってみる。

ロドーリルの兵士たちは、ミレルを見ても一瞥《いちべつ》するだけで、すぐに無視した。物乞《ものご》いされるのが、面倒《めんどう》だからだろう。

(塀の外側だけで、百人ぐらいの兵士がいるなぁ)

思った以上に、警戒《けいかい》は厳重《げんじゅう》だった。

昼間に忍《しの》びこむのは、どう考えても不可能だ。夜ならまだ可能性はあるが、他に方法がないと分かるまで、試《ため》したくはない。

(忍びこむのが無理なら、潜《もぐ》りこむしかないわけだけど……)

ミレルは思案《しあん》し、宮殿の玄関《げんかん》が見える場所で、うずくまるように腰《こし》をおろした。

どういう人間が出入りするか観察《かんさつ》するためだ。そして何人か、後をつけてみようと、心に決めた。

時間はかかるかもしれないが、それがもっとも確実な方法のはずだった。

「みんなは、どうするのかなぁ……」

膝《ひざ》を抱《かか》えながら、ミレルはぽつりとそうつぶやいた。

「戦は、終わりました!」

メリッサは戦神マイリーの神官衣《しんかんい》に身を包み、街の中心に位置する広場に立ち、人々に呼びかけた。

広場には人の姿は、ほとんどない。

だが、戦の神の教団《きょうだん》に入信したてのころは、聴衆《ちょうしゅう》が誰《だれ》もいなくても教義《きょうぎ》を説《と》くという修《しゅ》行《ぎょう》は何度も行っている。

「偉大《いだい》なる戦神マイリーの審判《しんぱん》は下されたのです。戦に勝ったことを驕《おご》ってはなりません。戦に敗れたことを恥《は》じてはなりません……」

メリッサは大声で呼びかけた。

その声を聞きつけ、人がひとりふたりと集まってくる。彼女の豪奢《ごうしゃ》な容姿《ようし》と凜《りん》とした声は、人々の注意をひくのだ。

しばらくすると、メリッサの周囲にちょっとした人垣《ひとがき》ができていた。

「貴様《きさま》たち、何をしている!」

しばらくすると、メリッサが期待したとおり、ロドーリルの兵士たちがやってきた。

聴衆はあわてて離散《りさん》してゆく。

『人生は戦いである』というマイリー神の教義を説いていたメリッサとしては、はなはだ不本意ではあったが、彼女の目論《もくろ》みどおりであった。

「マイリーの神官か？」

ただひとりその場に残ったメリッサをじろじろと見て、ロドーリルの兵士が訊《たず》ねてきた。

メリッサは微笑《ほほえ》みながら、兵士たちに挨拶《あいさつ》をかえす。

「マイリー大神殿《だいしんでん》より、修行と布教《ふきょう》のためにまいりました……」

メリッサはふかく頭を下げる。

「知っているか？　この国では魔法《まほう》を行使《こうし》することは禁《きん》じられている。魔法使いであることもな。たとえ、それが神の奇跡《きせき》——神聖《しんせい》魔法であってもだ」

兵士がそう言って、メリッサを取り囲む。

「存じておりますとも。それゆえ、わたしはここに参ったのです。なぜなら、わたしは神聖魔法の使い手ではありませんから。それゆえ大神殿では司祭《しさい》になれませんでした。神の御心《みこころ》に触《ふ》れるのに、奇跡など必要ではありませんのに……」

メリッサはそう言うと、顔を覆《おお》ってみせる。

「なるほど、そういう事情か……」

兵士たちは顔を見合わせるとうなずきあった。

「つまり、おまえは奇跡を行使することなく、戦神マイリーの教えを広めたいというわけだな？」

「はい！　そのとおりです!!」

メリッサは胸の前で手を組み、目を潤《うる》ませてみせる。

「勇敢《ゆうかん》に戦い、見事な勝利をおさめられたロドーリルの戦士の皆様《みなさま》には、更《さら》なる武運《ぶうん》を授《さず》け、もしもそれが尽《つ》きたときにも喜びの野へと昇《のぼ》れるようお祈《いの》りしたいのです」

「オレたちロドーリルの兵士は、女王様のためなら、命など惜《お》しくない。だが、マイリーの加護《かご》を求める気持ちも無論《むろん》ある。命あるかぎり、女王様のために戦いつづけられるわけだからな……」

兵士のひとりが力強く言った。

「この街での布教の許可がもらえるよう、隊長に願いでてみよう」

「あ、ありがとうございます」

メリッサは兵士たちひとりひとりの手を握《にぎ》り、感謝の言葉を繰り返す。

(これでまず一歩、我《わ》が勇者のもとへ近づいたと思うのですけど……)

だが、そこから先はどうなるのか、メリッサには予想もつかなかった――

「わたしは、ロドーリルの兵士に志願《しがん》したいんだ！」

プリシスの城門近くにある兵士の詰《つ》め所へと乗り込むと、ジーニは大声をあげた。

「見てのとおり、こういう体格だ。腕力《わんりょく》には自信がある。この街の近くで猟師《りょうし》をしていたんだが獲物《えもの》が減《へ》り、とてもではないが猟では生きてゆけない。弓も槍《やり》も剣《けん》もひととおり使える。狩《か》る相手が獣《けもの》から人間に変わるだけのことだ」

ジーニは今、いつも丹念《たんねん》に描《えが》いている呪払《のろいばら》いの紋様《もんよう》を拭《ぬぐ》っていた。魔物がよってきそうな不安を感じるが、今はそんなことは言ってられない。

「兵士に志願したいだと？」

詰め所にいた数人の兵士のうち、ひとりが進みでてきて、ジーニの身体《からだ》を無遠慮《ぶえんりょ》に見つめた。

ジーニは、猟師がよくするような服装を身につけていた。だが、普段《ふだん》以上に肌《はだ》の露出《ろしゅつ》を多くしてある。身体を包みこむ外套《がいとう》をはずせば、下着姿も同然《どうぜん》だった。

「ロドーリルでは、誰でも兵士になれると聞いている。そして働きしだいでは、隊長にも将軍にもなれるとも。プリシス王国はもうなくなったのだから、わたしももうロドーリルの民《たみ》のはず。お願いだから、わたしを兵士として雇《やと》ってくれ！」

「それは、そのとおりだが……」

兵士は困惑《こんわく》したように言った。

「だが、女王陛下《へいか》の兵士になるために、もっとも大事なのは忠誠心《ちゅうせいしん》なのだ。いずれ、プリシスの住人からも兵士を徴募《ちょうぼ》することになるだろうが、今はまだその時期ではない。それまで女王を敬《うやま》い、我らの信頼《しんらい》を得ることだな」

「無論、そうするとも！　プリシスの国王にはなんの恩義《おんぎ》もない。命がけで獲物を狩っても、それを売ろうと、この街の門をくぐっただけで、高額《こうがく》の通行税《つうこうぜい》をかけられた。入るときも、出るときもだ。金なんか、ほとんど残らない。あんな生活はもうごめんだ。同じ命をかけるなら、わたしは獣ではなく人を殺す。そのほうが金になるのならな」

ジーニはそう言うと、応対《おうたい》にでた兵士に身体を寄せていった。

その兵士よりも、ジーニのほうがはるかに背が高い。身体の鍛《きた》え方も無論、違《ちが》う。

兵士は威圧《いあつ》されて、後ずさろうとしたが、ジーニはその肩《かた》をがっしりとつかんだ。

「もしも断《ことわ》られたら、わたしは生きてゆけないんだ。それぐらいなら、ここでひと暴《あば》れして死んだほうがましだと思ってる……」

ジーニは兵士の耳元に顔を近づけ、そうささやきかけた。

「そのときには、まずはあんたからということになるな……」

「オレを脅《おど》そうというのか？」

兵士は咽喉《のど》をごくりと鳴らし、かすれた声で答える。

「わたしはそれぐらい必死ということだ。お願いだから、助けてくれないか？　わたしを部下にしたら、兵士五人分の働きをしてみせよう……」

ジーニは笑みをもらすと、兵士の肩をつかんでいた手をゆっくりと持ち上げていった。

兵士の身体はいとも簡単《かんたん》に宙《ちゅう》へ持ち上がっていった。

「もう一度だけ言う。わたしを助けてくれないか？」

「わ、わかった」

兵士は首を縦に何度も振《ふ》った。

「志願者として、隊長のもとへ連れていってやる。だが、採用《さいよう》されるかどうかは分からんぞ。オレには何の権限《けんげん》もないんだから」

「それで十分だ」

ジーニは男を地面に下ろすと、笑顔を浮《う》かべ、男の顔を抱《だ》き寄せ、自分の胸《むね》に押《お》しつけてやる。

戦うときは邪魔《じゃま》でしかたがないのだが、ジーニの胸は豊かで弾力《だんりょく》がある。

（ま、これぐらいの礼はしてやらないとな）

ジーニは心のなかでそうつぶやいた。

「あら、みんな？」

にやってきた。
アイラは驚《おどろ》いたように言って、ジーニ、ミレル、メリッサの三人が集まっているところ
魔法の眼鏡《めがね》は今はかけていないので、近くに来るまで気がつかなかったのだ。
ここは、かつてのプリシス王家の宮殿の中庭である。
今の主人は、無論、この国を征服《せいふく》したロドーリルの鉄の女王ジューネだ。
ここで、ジューネはプリシスの民に向かってはじめて呼びかけを行うのである。そして
何人かとは直接、言葉をかわし、陳情《ちんじょう》を聞くというのだ。
中庭に集まっているプリシスの民は、千人にも満たない。皆《みな》、ロドーリルになんらかの
伝手《つて》がある者ばかりだ。
「さすがね。いったいどうやって、入ることができたの？」
アイラが笑顔で訊《たず》ねる。
「この城に出入りしている人たちの後をつけてみてね。みんな通行証を持っていることが
わかったから、そのうちのひとりから拝借《はいしゃく》したの。今のあたしはこの城の庭園の庭師《にわし》。師《し》
匠《しょう》が急病で代理で来たというわけ」
ミレルが答えた。
「その庭師は大丈夫《だいじょうぶ》なんでしょうね？」

「部屋のなかに縛《しば》られて転がっているけどね。頑丈《がんじょう》そうな男だから二、三日そのままにしておいても死にはしないわ」

「それはなによりだわ」

アイラは大きくため息をついた。

愛らしい顔をしている黒髪《くろかみ》の少女だが、やることはまさに盗賊《とうぞく》だ。

「わたくしは戦神マイリーの教えを広める許可をいただくためにやってまいりました。紹《しょう》介《かい》していただいた百人隊長様が、熱心なマイリーの信者であられたので……」

助かりましたわ、とメリッサは胸に手を当てて、神に感謝の祈《いの》りをささげる。

「わたしはロドーリルの軍に志願《しがん》するためだな。詰め所の兵士に、女の武器を使ってみたら、意外にうまくいった」

ジーニはそう言うと、彼女にしては珍《めずら》しく楽しそうに笑った。

「どういう武器なのやら……」

アイラは苦笑《くしょう》まじりにつぶやく。

「そういうアイラは、どういう手段を使ったのよ？」

ミレルがじとりとした目を、アイラに向ける。

「賄賂《わいろ》をつかったのよ。決まってるじゃない」

アイラは即答《そくとう》した。

「なんだ、やっぱり金の力かよ」

ミレルが久しぶりに裏街言葉《スラング》で吐《は》き捨てた。

「わかっていないわねぇ。賄賂っていうのもそう簡単《かんたん》じゃないのよ。それを受け取ってくれる人を選ばないといけないし、ちゃんと便宜《べんぎ》をはかってくれる人じゃないと意味がない。商人として、人を見る目を養《やしな》っておかないといけないのよ。失敗したら、大変なことになるんだから」

アイラが心外だという表情で言った。

「それは、法に反しているのではありませんか？」

メリッサが眉《まゆ》をひそめる。

「些細《ささい》な問題だわ」

アイラはきっぱりと答えた。

そのときである。

女王の到着《とうちゃく》を告げる声が、中庭に響《ひび》いた。

そして中庭に面したバルコニーの扉《とびら》が開き、鉄の女王ジューネが悠然《ゆうぜん》と姿を現したのである。

女王は、ふたりの男を側《そば》にひかえさせていた。

ひとりは女王の行列を警護《けいご》していた近衛《このえ》隊長《たいちょう》と思《おぼ》しき人物である。

鮮血《せんけつ》の将軍ヒュードという男であることは、ジーニたちもすでに知っていた。

そしてもうひとりは——

それが誰か気づき、ジーニたちは思わず大声をあげそうになる。だが、今の状況《じょうきょう》を思いだし、なんとかそれは抑《おさ》えることができた。

四人はそのまま、茫然自失《ぼうぜんじしつ》の表情で、その男を見つめつづけた。

オーファンの妾腹《バスタード》の王子にして、魔法戦士《ルーン・ソルジャー》である男を——

第3章　女王の寵臣《ちょうしん》

1

「蹴《け》って……いいかな?」

ミレルはそう言うなり、リウイの返答も待たずに、彼の大腿部《だいたいぶ》に回し蹴りを連続で放つ。

しかし、蹴られているほうは苦笑《くしょう》を浮かべるだけで、蹴っているほうがむしろ苦痛《くつう》の顔になってゆく。

「ちょっとは力を抜《ぬ》いてよ……」

やがて、ミレルは泣き声をあげながら、蹴りを入れていた当人に抱《だ》きついた。

「悪かったな……」

ふたりがいるのは、都市国家プリシスの王家が暮らしていた宮殿《きゅうでん》の一室。だが、都市国家プリシスは、ロドーリル王国との十年にもおよぶ激戦《げきせん》のすえ滅亡《めつぼう》した。

今、この宮殿の主となっているのは、ロドーリルの鉄の女王ジューネである。

リウイは、その賓客《ゲスト》として、この部屋を与《あた》えられている。

部屋には、リウイとミレルの他《ほか》に三人の女性がいる。

そのうちのひとり、商人風の服装《ふくそう》に身を包んだ娘《むすめ》が、魔法《まほう》の眼鏡《めがね》をおもむろに取りだすと、それをかけてからリウイを睨《にら》みつけた。

「どういうことか、説明してくれないかしら？」

アイラは当然の権利《けんり》とでも言うようにミレルの襟首《えりくび》を掴《つか》むと、リウイからひきはなした。

そしてふたりのあいだに割りこみ、リウイに身体《からだ》を寄せ、むきだしの二の腕《うで》にツッと指を這《は》わせる。

リウイは今、上半身はほとんど裸《はだか》で、幅広《はばひろ》の革帯《ベルト》をたすきがけにしている。下半身は腰《こし》から膝《ひざ》までの肌《はだ》にぴったりとした黒革《くろかわ》の下衣《ズボン》と革紐《かわひも》で結んだ草履《サンダル》である。

「まるで剣闘士奴隷《けんとうしどれい》のような格好《かっこう》じゃない？　それも女主人に呼ばれて寝台《ベッド》を共にしてきたような……」

アイラは微笑《びしょう》を浮《う》かべ、艶《つや》っぽい声で言う。

「まあ、いろいろとあったのさ」

リウイは言葉を濁《にご》すと、大きくため息をつく。

「いろいろと、ね。それは、ぜひ教えてほしいわ」

アイラはこめかみをぴくりとさせたが、それでも微笑はくずさない。

「みんなこそ、よくこの宮殿に入れたな。オレのほうから連絡《れんらく》を取ろうと思っていたのに」

リウイは感心したように言う。

「連絡が遅《おそ》すぎます。それゆえ不本意《ふほんい》ながら、わたくしたちがここに参ったのです」

メリッサが屹然《きつぜん》とした声で言った。

「みんな、それなりに苦労してここに来たということだ。おまえの返答しだいでは、ただではすませないからな」

ジーニが腕組みをしながら、低い声で言った。

「すこし長くなるぜ……」

リウイは女性たちの厳《きび》しい視線を気にかけた様子もなく、部屋に置いてある木製《もくせい》のテーブルの上に腰を下ろす。

そして女性たちに、これまでのことを順《じゅん》を追って話してゆく。

鉄の女王ジューネの普段《ふだん》の姿のこと、鮮血の将軍ヒュードと彼が持つ深紅《しんく》の刃《やいば》の剣《つるぎ》のことなどだ。

「……なるほどな」

リウイの話を聞き終えて、ジーニが静かにうなずく。

「つまり、あなたは鉄の女王ジューネがどういう女性《ひと》か見極《みきわ》めたいわけね……」

アイラが呆《あき》れたという表情で言う。

「女王がいかなる女性《ひと》であろうと、ロドーリルがこの国を征服《せいふく》したという事実は変わりません。罪もない人々に対し、略奪《りゃくだつ》や虐殺《ぎゃくさつ》を行ったという事実もです。それは、神聖《しんせい》なるべき戦《いくさ》を冒瀆《ぼうとく》する行為《こうい》ですわ」

メリッサは静かではあるが揺《ゆ》るぎない声で言った。そしてロドーリルには裁《さば》きの鉄槌《てっつい》が振《ふ》り下ろされるべきだと、続ける。

「それに異論《いろん》があるわけじゃないんだが……」

「だからこそ、リウイは見極めたいんだよね？　鉄の女王がどういう女性なのか」

ミレルが得意顔《とくいがお》で言った。

「そうなんだ！」

リウイは勢《いきお》いこんで首を縦《たて》に振る。

「だけど、ジューネ女王のことだけじゃないぜ。ヒュード将軍が持っている剣のこと、それにロドーリルという国のことももっと知っておきたいんだ」

「あなたらしいけどね……」

アイラは大きくため息をついた。

リウイの考えが常識《じょうしき》ではかれないことは、彼女もよく知るところだった。

「だけど、あんまり入れ込んで、女王に心奪《うば》われないでよ」

アイラが冗談《じょうだん》めかして言う。

「悪いがそうもゆかないんだな……」

リウイは申し訳なさそうに、アイラに答えた。

「ど、どういうことよ？」

ミレルが顔色を変える。

アイラは言葉を失い、口をあぐあぐと動かす。

「ジューネ女王は、愛してほしいと、オレに言った。だから、そうしてみようと思うんだ。彼女を敬愛し、彼女に誠心誠意《せいしんせいい》、尽《つ》くしてみようとな。そうすることで何かが分かるような気がする。ただの直感《ちょっかん》だけどな」

「ずるいよ、リウイ……」

ミレルが恨《うら》めしそうな視線をリウイに向ける。

「直感とか言われたら、あたしたち反論できないじゃない……」

リウイが直感に従って行動しているときは、何を言っても無駄《むだ》なのだ。こちらがいくら正論を並べても、考えを変えるつもりはないのだから。

ミレルはそのことをよく知っている。そして悔《くや》しいことに、彼の直感を彼女自身、信じてもいるのだ。

「わたしたちは、あなたを信じていればいいのね？」

アイラが疲《つか》れきった声で言った。

「ああ、みんなは宿屋で待っていてくれ。連絡は定期的に取るし、何かがあれば動いてもらうつもりだから」

リウイは笑顔《えがお》で答えた。

「分かったわ……」

アイラは自らを納得《なっとく》させるように、大きくうなずいた。

「だけど、もし、わたしたちの信頼《しんらい》を裏切《うらぎ》るようなことがあったら……」

「そのときは、覚悟《かくご》してね」

アイラの言葉を受け取って、ミレルがにこりと微笑《ほほえ》んだ。

「分かってるって……」

リウイは背中にぞくりとするものを感じながら、ひきつった笑いを仲間たちに返した。

そして四人に別れの挨拶《あいさつ》をすると、そそくさと部屋を後にしたのである。ロドーリルの鉄の女王ジューネのもとへ向かうために……

2

仲間たちと別れ、リウイはジューネが居間に使っている部屋へと足を運んだ。

途中《とちゅう》、宮殿警護の兵士や百人隊長たちとすれ違《ちが》うと、彼らは複雑《ふくざつ》な表情を浮かべ、一礼してくる。リウイとどう接すればいいか分からないという様子だった。

リウイは追従《ついしょう》の笑顔を浮かべて、彼らに返礼する。

今の彼の立場は、ジューネ女王お気に入りの出入りの商人である。だが、彼の体格は、どう見ても屈強《くっきょう》の戦士のそれだ。

「帰ってきたのですね！」

リウイが部屋に入るなり、それまで落ち着かない様子で、椅子《いす》に腰をかけていたジューネが表情を輝《かがや》かせた。

リウイは彼女の足もとにひざまずき、右手の甲《こう》に口づけをする。

仲間たちに宣言《せんげん》したとおり、リウイはとことんまでやる、と決めている。

ジューネは今や、彼にとって女主人なのだ。

「ご苦労でした、ルーイ。あなたが隣《となり》にいてくれたおかげで、わたしは何の不安もなく、プリシスの民《たみ》のまえに姿を現すことができました……」

ルーイというのは、リウイが使っている偽名《ぎめい》で、エレミアの行商人という設定である。

「恐縮《きょうしゅく》にございます」

リウイは深く一礼した。

そしてジューネの前から下がると、部屋の入口近くで立っていた鮮血《せんけつ》の将軍ヒュードの隣へ移動する。

彼だけは、リウイの正体を知っている。だが、リウイを捕《と》らえるつもりも、殺すつもりもないようだ。あくまで、今のところはだろうが……

「仲間とは会ったのか？　いや妻たちというべきかな」

ヒュードが小声で囁《ささや》きかけてくる。

冷《ひ》やかしているわけでも、冗談を言っているわけでもない。淡々《たんたん》とした口調《くちょう》だった。

ジーニたちは、行商人ルーイの妻という設定《せってい》なのだ。後宮《ハーレム》で有名なエレミアの商人なら複数の妻がいてもおかしくないからである。

そうでもしないと、正体がばれてしまう。リウイたちは、そのぐらいには有名になっているのだ。

「彼女らは、向こうから会いに来てくれたよ」

リウイは表情を変えず答えた。

「さすがだな。リウイ王子とともに旅している女性たちは、ただ美しいだけではないとの噂《うわさ》は聞いていたが、まさにそのとおりというわけか」

「それより、なんでこの格好《かっこう》だったんだ？　あまり趣味《しゅみ》がいいとは思えないんだがな」

リウイにこの服装《ふくそう》をするように言ったのは、意外《いがい》にもジューネ女王ではなく、この鮮血の将軍なのだ。

「とりあえず、目立つということだな。今日、謁見《えっけん》に集まったプリシスの民は、おまえが女王の寵愛《ちょうあい》を受けていると思っただろう。そしてロドーリルの兵士もな」

「それぐらいはオレにも分かる。分からないのは、それを人々に思い知らせることの意味だ。そして、それであんたに何の得があるか……」

リウイは目を細め、ヒュードを見つめる。しかし彼の表情から、その心を読みとることはできなかった。

「勝手に勘《かん》ぐっていればいい……」

ヒュードは冷ややかに言う。

そして女王のほうに一歩、進みでると、恭《うやうや》しく一礼した。

「わたしはこれにて失礼させていただきます。プリシス王国の残党《ざんとう》に怪《あや》しい動きがありますゆえ」

「そうですか……」

ヒュードの言葉を聞き、ジューネは悲《かな》しそうな表情をした。

「わたしはまだプリシスの人々に愛されてはいないのですね……」

「それは、彼らがまだ女王陛下《へいか》のことをよく知らぬからです。陛下の御心《みこころ》が伝われば、かならずや彼らも陛下を愛し、敬《うやま》いましょう」

リウイはすかさずジューネの側《そば》に寄ると、慰《なぐさ》めの言葉をかけた。

その言葉に、ジューネは救われたような表情を浮《う》かべる。

「そなたにそう言ってもらえるのは、嬉《うれ》しいかぎりです……」

ジューネはその目にわずかに涙《なみだ》を浮かべ、声を震《ふる》わせた。

リウイは挑発《ちょうはつ》するように、ちらりとヒュードを振《ふ》り返ってみる。

先ほど言ったとおり、リウイは女王の寵愛を受けている。

それは女王の側近中の側近である彼の地位を脅《おびや》かしているはずなのだ。

だが、彼はリウイを排除《はいじょ》するどころか、その事実を人々に知らしめようとしている。

それがリウイには、分からないのだ。

ジューネ女王に男妾《だんしょう》をあてがい、政治から遠ざけようというなら、まだ話はわかる。だが、どう見ても女王に実権《じっけん》はない。

(あいかわらず、分からないことばかりだが、とにかくこのまま突《つ》き進むしかないな)

リウイは覚悟《かくご》を決めた。

そしてその日から、彼はジューネのいちばん近くで仕《つか》えることになったのである——

3

十日もすると、リウイはまるで、ジューネの侍従《じじゅう》のようになっていた。

リウイは侍女《じじょ》たちを手懐《てなず》け、百人隊長とも酒を酌《く》みかわし、味方を増《ふ》やしてゆく。

女王の寵愛を得た出入りの商人が、権力を握《にぎ》りはじめていると、人々は噂しあっている。

当然《とうぜん》、鮮血の将軍ヒュードと対立すると、誰《だれ》もが予想している。

だが、そのヒュードはプリシス王国の残党を討伐《とうばつ》するため出かけたきり、宮殿《きゅうでん》に帰ってくることもない。

「……まるで、オレにロドーリルを乗っ取れと言ってるみたいなんだ」

リウイはそう言うと、何度も首をひねった。

彼は今、プリシスの街の大通りにある宿屋の大部屋にやってきていた。

ジーニたちと連絡《れんらく》を取るためである。

「いっそ乗っ取ってしまわれたらいかがですか?」

メリッサが皮肉っぽく言う。

「親父《おやじ》みたいにか？」

リウイはうんざりとした表情になる。

彼の実の父リジャールも、ファン王国の王妃《おうひ》の再婚《さいこん》相手となることで、オーファン建国《けんこく》の足がかりとしたのだ。

「遠慮《えんりょ》しとくぜ。このままだと、どうせ世界は滅亡《めつぼう》するわけだからな。統治《とうち》のしがいもないというものだ」

リウイは、苦笑《くしょう》をもらした。

「そうですわね……」

リウイの答えに、メリッサは満足そうにうなずいた。

一国の王となるより、世界を救う英雄《えいゆう》になるほうが、彼女にとっては本意《ほんい》なのである。

「それより、みんなのほうは、なにか情報を摑《つか》んでいないかな？」

リウイが訊《たず》ねる。

「ルーイとかいうエレミアの商人のことなら、いろんな噂《うわさ》が入っているわよ」

アイラがすました顔で答えた。

「どんな噂か、だいたい想像がつくから、それは教えてくれなくていい。他《ほか》には？」

「プリシスの人々のあいだで、鉄の女王ジューネの評判《ひょうばん》が、じょじょにだけど、よくなってきているわ。外見《がいけん》とは異《こと》なり、聡明《そうめい》で優《やさ》しい女性だそうよ」

ミレルが不満そうに口をとがらせる。

「実際、そのとおりの女性だからな。女王と謁見《えっけん》したプリシスの民は涙を流して感激《かんげき》しているぜ」

ジューネに乞《こ》われ、いつも側で見ているだけに、リウイはよく知っている。

「冷酷《れいこく》で残忍《ざんにん》なのは、つまり鮮血の将軍のみということになっている」

ジーニがぼそりと言う。

「ヒュードがその評判どおりの人間かどうかはいまだに分からないが、あいつの過去の行動は、まさに冷酷で残忍だったからな」

リウイがうなずく。

「その鮮血の将軍なんだけどね。ジューネ女王と同郷《どうきょう》なんだって。年齢《ねんれい》は離《はな》れているみたいだけど……」

ミレルがニヤニヤとしながら言う。

「そうだな、ヒュードのほうが十歳《さい》は年上に見えるな」

リウイはうなずく。

「残念でした……」

ミレルがニッと白い歯を見せる。

「ジューネのほうが老《ふ》けているのよ。十歳ほどね。噂、忘れたの？」

「そういえば……」

リウイは愕然《がくぜん》となる。

ジューネはロドーリル建国以来、およそ二十年、まったく年を取っていないと言われている。すでに四十は超《こ》えているはずなのだ。

「だが、オレは彼女の化粧《けしょう》していない顔も知ってるんだぜ。どう見ても、二十歳《はたち》そこそこだった……」

衝撃《ショック》を受け、リウイはちょっとした恐慌《パニック》に陥《おちい》る。

「魔法《まほう》を使って若さを保《たも》っているって噂もあったでしょ？　魔神《まじん》と契約《けいやく》したという噂もあったかしらね」

アイラが勝ち誇《ほこ》ったような笑い声をあげた。

「年を取るのをやめたといえば、ラヴェルナ師《し》だってそうだし……」

リウイの魔術《まじゅつ》の導師《どうし》でもあるオーファンの宮廷《きゅうてい》魔術師ラヴェルナは、年を取るのはやめたそうだ。

オランの大賢者《だいけんじゃ》マナ・ライも百歳を超える老人だが、六十歳ほどにしか見えない。古代語魔法には、不老長寿《ふろうちょうじゅ》の儀式《ぎしき》魔法があるのだ。もっとも、永遠に生きられるわけではなく、百五十歳から二百歳ぐらいにまで寿命を延《の》ばせる程度だが。

「魔神といえば、アイラのほうが縁《えん》が深いし……」

アイラの左手の薬指にはまっている指輪《ゆびわ》には、洋燈《ランプ》の精霊《せいれい》であり知識魔神であるシャザーラが封印《ふういん》されている。

そしてアイラはシャザーラの知識や能力を限定的ながら、使うことができるのだ。

シャザーラほどの魔神なら、人間に永遠の若さを与《あた》えるぐらいのことはできるかもしれない。

もっとも、シャザーラは〝三つの願い〟をすでにかなえており、あらたな願いをかけることはできないのだが……

「失礼ねぇ」

アイラが魔法の眼鏡《めがね》ごしに、リウイを睨《にら》む。彼女が普段《ふだん》からかけているその眼鏡には〝邪眼《イビルアイ》〟の魔力が秘《ひ》められており、視線《しせん》だけで呪殺《じゅさつ》することができる。

「い、いや、悪かった……」

リウイは大きく深呼吸をして、気持ちを落ち着かせた。

「どういう手段を使っているのかは分からないが、彼女の若さは確かに普通じゃないと思う……」

リウイはそう言ったあと、自分自身を納得《なっとく》させるように、うんうんと何度もうなずく。

「案外《あんがい》、その秘密を暴《あば》くことが、大切なのかもしれないな。彼女と話していると、ときどき違和感《いわかん》を憶《おぼ》えることがあるんだ」

「違和感……ですか？」

メリッサが訊ねる。

「言葉で説明するのは難《むずか》しいんだが、たとえばすぐ近くにいるのに、ひどく遠くにいるように感じたり、オレの言葉を熱心《ねっしん》に聞いてくれるのに、どこか伝わっていないような気がしたり……」

「不思議《ふしぎ》な女性ですね」

メリッサがつぶやく。

「まあ、その不思議さも、魅力《みりょく》なんだけどな……」

「それは、よかったわね」

アイラが冷たく言う。

「いや、オレじゃなく、ロドーリルの人々にとってだぜ。彼らが女王を神格化《しんかくか》しているのは、オレが今、話した違和感と無関係じゃないと思うんだ。不思議というのは、神秘性《しんぴせい》でもあるしな……」

リウイはあわてて補足《フォロー》する。

「そういうことにしておくわ」

アイラはうなずく。

「その違和感だけど、彼女が若さを失わない理由と関係あるのかしらね？」

「それは、考えもしなかったが……」

アイラの言葉に、リウイははっとなり、しばらくのあいだ思案《しあん》にふける。

「……もしかしたら、そうかもしれないな」

リウイはぽつりと言うと、ミレルを振《ふ》り返る。

「ジューネ女王について、なにか分かったことはないか？」

「すこしだけどね……」

ミレルはすぐに答えた。

「ジューネはロドーリルの前にあった王国の地方領主《りょうしゅ》の娘《むすめ》だったみたい。領主である彼女の父親は野心的《やしんてき》な人物だったらしく、いつも王都で暮らしていたんだって。で、領地には娘のジューネ、執事《しつじ》ともいうべき老騎士《ろうきし》と騎士見習いの少年が住んでいたんだって。その騎士見習いの少年が、つまり鮮血《せんけつ》の将軍なのよ」

「なるほど、な」

ミレルの説明を聞いて、リウイは大きくうなずく。

「ジューネとヒュードの関係は、それほど深いってわけだ……」

リウイがジューネの寵愛《ちょうあい》を受けても、ヒュードが平然《へいぜん》としていられるのは、だからかもしれない。

それはつまり、ふたりが今、男と女の関係ではないということでもある。男という生き物は独占欲《どくせんよく》の塊《かたまり》みたいなものだから、自分の女が他の男を寵愛するのを黙認《もくにん》するとは思えない。

（ふたりの関係もはっきりさせたいところだな）

リウイは心にそう刻《きざ》んでおく。

「やがて、その王国で王位継承《おういけいしょう》争いが起こり、ジューネは王都へ呼ばれたの。どうも父親は彼女のことを政争《せいそう》の道具にしたかったらしいわ。つまり政略結婚《せいりゃくけっこん》ね。その後、彼女は自身の勢力《せいりょく》を築《きず》きあげ、ロドーリルを建国したんだけど、その頃《ころ》のくわしい事情を知る者は、ほとんどいなくて……」

「いやいや、よく調べてくれたな」

リウイは感心した。

「このぐらいなら、誰《だれ》だってできるよ」

ミレルはあわてて言った。

今の彼女は盗賊《とうぞく》ではなく、密偵《スカウト》なのだ。諜報《ちょうほう》活動こそが本業《ほんぎょう》なのである。

「もっとくわしいことを知るには、ロドーリルに行かないと無理《むり》だわ」

「だろうな……」

リウイはうなずく。

もし、必要ならそうするしかない。

「みんなとゆっくり話していたいが、オレは宮殿《きゅうでん》に帰らないといけない。ロドーリル本国から要人《ようじん》が来るらしくてな。みんなは続けて、ここで待っていてくれ」

「待ちくたびれてるよぉ」

ミレルが愚痴《ぐち》る。

「ティカやクリシュ、それに〝センチネル〟になった気分だわ」

「みんなも退屈《たいくつ》だろうが、我慢《がまん》していてくれよ。出番が来たら、すぐ呼ぶから」

リウイは仲間たちにそう言い残すと、宿屋を後にした。

4

宮殿にもどったリウイは、ジューネに請《こ》われ、彼女の側《そば》でロドーリル本国から来た要人を迎《むか》えることになった。

リウイは彼女の頼《たの》みは、いっさい断らないようにしているのだ。

要人は、本国の留守《るす》を預《あず》かる宰相《さいしょう》ミクーからの使者であった。

女王ジューネがプリシスにこれほど長く滞在《たいざい》できるのだから、宰相の有能《ゆうのう》さがうかがいしれる。

宰相の使者と女王ジューネは、ロドーリルの政務《せいむ》について、重要な問題をいくつか意見交換《こうかん》をした。

ジューネはそのひとつひとつに、リウイに意見を求めてくる。

（なんで、オレに？）

リウイは困惑《こんわく》したが、答えないわけにはゆかない。

そしてリウイとて魔術師《まじゅつし》の端《はし》くれである。本気で考え、献策《けんさく》を行った。

ジューネはリウイの意見をすべて採用《さいよう》し、使者に指示を与《あた》えてゆく。

（いいのか？）

と、リウイのほうが不安になるほどだった。

(宰相の使者は、オレのことをいったいなんと思うんだろうな)

だが、使者はリウイに対しても恭《うやうや》しく接していた。怪訝《けげん》に思っているような気配はまったく感じさせない。

おそらくこの使者は、リウイがどういう人間なのか探《さぐ》るのが目的で、宰相が派遣《はけん》してきたのだろう。

(ま、オレの本当の正体までは知らないだろうが……)

リウイはそう判断した。

今のところ、それを知っているのは、鮮血の将軍ヒュードだけである。

その彼は、その事実を誰にも言っていないように思えるし、気にしていないようにも見える。

その意図《いと》はやはり謎《なぞ》なのだが……

宰相からの使者は話し合いを終えると、報告のためすぐに本国に帰ると言った。

ジューネは、旅の疲《つか》れを癒《いや》すよう勧《すす》めたが、使者は遠慮《えんりょ》しながらもそれを断った。

リウイは自主的に使者を宮殿の外まで見送る。

「……ルーイ殿《どの》の聡明《そうめい》さには感服《かんぷく》いたしました。交易商人《こうえきしょうにん》と聞き及《およ》んでいますが、一国の宰相かと思うほどの優《すぐ》れた献策でした」

　宮殿の廊下《ろうか》を並んで歩きながら、使者が笑顔《えがお》で声をかけてきた。

「恐縮《きょうしゅく》です。わたしの願いは、ロドーリル王国内での商売の許可をもらうこと。ですが、ジューネ女王はわたしごときに目をかけてくださり、不相応《ふそうおう》な厚遇《こうぐう》を拝《はい》しております。その温情《おんじょう》に応《こた》えるため、非才《ひさい》の限りを尽《つ》くす所存《しょぞん》です」

　リウイは慎重《しんちょう》に言葉を選んで、使者に答えた。

「しかも、恵《めぐ》まれた体格をしていらっしゃる。武人としても相当なのではありませんか？」

「交易商というのは、決して安全な仕事ではありませんので、武器を扱《あつか》えるぐらいには鍛《きた》えております」

「なるほど、なるほど……」

　使者は満足そうにうなずいた。そしてリウイにすっと身を寄せてきた。

「商売もけっこうですが、いっそ武人としてロドーリルに仕えてみる気はありませんかな？」

　使者は辺りをはばかりながら、小声で言った。

「どういうことでしょう？」

リウイは怪訝そうな表情を装《よそお》う。しかし内心では、ほくそ笑んでいた。

「ミクー宰相は、ルーイ殿の噂《うわさ》を聞き及び、たいへん興味をもたれています。そして、百人隊長になってはもらえないか、と仰《おお》せつかってまいりました」

使者はそう言うと、意味ありげな笑みを浮《う》かべた。

「無論、ルーイ殿の才覚《さいかく》をもってすれば、すぐにでも将軍となれましょう……」

「わたしがロドーリルの将軍に？」

リウイは大袈裟《おおげさ》に驚《おどろ》いてみせる。

「女王陛下《へいか》も、さぞ喜ばれることと思います……」

使者はそう言うと深々《ふかぶか》と一礼する。

「わざわざ、お見送りいただき、感謝の言葉もありません。先ほどの提案《ていあん》、ぜひお受けくださいますように……」

「わたしの望みは、女王様のお役に立てることです。宰相閣下《かっか》には、よろしくとお伝えください」

リウイも丁寧《ていねい》な挨拶《あいさつ》を返す。

投げられた球は、とりあえず投げ返してみた。

問題は、次になにがやってくるかである。

そしてその答えは三日後にはっきりとした。

宰相から、リウイを百人隊長として推挙《すいきょ》する旨《むね》の書状が、女王ジューネのもとに届いたのである。

女王はそれを見て、大喜びした。

そしてリウイに対し、ぜひ引き受けてほしいと懇願《こんがん》したのである。

リウイはジューネを敬愛し、忠誠《ちゅうせい》を尽くすと誓《ちか》っている。そう言われて、断れるはずはなかった。

リウイはロドーリルの百人隊長を拝命《はいめい》し、近衛《このえ》隊《たい》に配属《はいぞく》されたのである。

そして、その夜──

「ルーイ殿……」

女王が寝室《しんしつ》に入り、役目を終えたリウイが自分の部屋に帰る途中《とちゅう》、中庭をぐるりと取り囲む回廊《かいろう》で、彼は五人の男たちに行《ゆ》く手《て》を遮《さえぎ》られた。

「何か用ですか？」

リウイは不審《ふしん》そうな表情を装い、彼らを見回す。

全員、見知った顔である。

この街に駐留《ちゅうりゅう》するロドーリル軍の百人隊長たちだ。

「あなたに話がある。我々についてきてもらえまいか？」

ひとりが進みでて、丁寧な口調《くちょう》で話しかけてくる。

「分かりました……」

リウイはあっさりとうなずく。

そして彼らに案内されるまま、裏庭へと移動した。

裏庭はまだ手入れされておらず、荒《あ》れ放題《ほうだい》になっている。無論、誰も近づかない。

「ここなら、邪魔《じゃま》も入らない……」

ひとりが言う。

「そうですな。話し合いをするにも、それ以外のことでも……」

リウイは不敵《ふてき》な笑みを浮かべた。

「ルーイ殿、わたしはあなたが嫌《きら》いではなかった。ジューネ女王はあなたを気に入り、すべてにおいて信頼《しんらい》されておられる。悔《くや》しくないと言えば嘘《うそ》になるが、あなたの女王に対する忠誠は、本物だった……」

「もちろんです。女王様はわたしの命の恩人。心の底から、敬愛しております」

リウイは答えた。

「おまえがただの商人であれば、わたしは何を言うつもりもなかった。だが、百人隊長となったからには見過《みす》ごすことはできん」

「見過ごせませんか？」

リウイは百人隊長たちを見回し、訊《たず》ねた。

「命ばかりは助けてやる。今すぐ、この街から去れ！」

百人隊長は恫喝《どうかつ》するように言う。

「悪いが断らせてもらうぜ……」

リウイは口調をがらりと変えた。

といっても、それが彼の普段《ふだん》の口調である。

「あんたらが見過ごせないのは、オレが百人隊長になったからか？　それとも別の理由からか？」

リウイは百人隊長たちの動きを油断《ゆだん》なく観察《かんさつ》しながら、質問《しつもん》をぶつけてみた。

「こ、答える必要はない！」

誰かが叫《さけ》ぶように言う。

その声には、わずかな動揺《どうよう》が感じられた。

答えとしては、それで十分だった。

（ようやく、事情が飲み込めてきたぜ）

リウイは思った。
すべての国がそうであるように、ロドーリルとて完全に一枚岩ではないということだ。
「あいにくだが、オレは女王の側《そば》を離《はな》れるつもりはない！」
リウイはそう叫ぶなり、目の前にいた百人隊長に拳《こぶし》を突き入れた。
リウイが剣《けん》を抜《ぬ》く素振《そぶ》りさえ見せてなかったので、相手は完全に不意《ふい》を突かれた。
拳をまともに受け、その百人隊長は一瞬《いっしゅん》にして昏倒《こんとう》する。
続いて、リウイは低い体勢《たいせい》から肩《かた》を突きあげるような体当たりをかます。
ひとりが吹《ふ》き飛び、別のひとりが巻き添《ぞ》えとなって重なって倒《たお》れる。
百人隊長たちは本気でリウイを殺すつもりはなかった。殺気《さっき》が感じられなかったので、
リウイにはそれが分かっていた。脅《おど》せば、リウイが逃《に》げだすと思っていたのだろう。
しかも暗がりのなかでの乱戦《らんせん》である。
戦いではなく、喧嘩《けんか》に近い。そして喧嘩なら、リウイは負けない自信がある。
そして……
「そこで、何をなさっておられるのですか？」
突然《とつぜん》、建物のなかから、声が響《ひび》いた。
「人を呼びますすよ！」

声はさらに続く。

リウイには聞き慣れた声だが、百人隊長たちは初めて聞くはずだった。

「退《ひ》くぞ！」

百人隊長たちは声をかけあうと、昏倒している仲間を抱《かか》えながら、闇《やみ》のなかへと消えていった。

リウイは服についた汚《よご》れを払《はら》い落とすと、回廊のほうへともどる。

「お怪我《けが》はありませんか？」

メリッサが、リウイを出迎《でむか》えるとにっこりと微笑《ほほえ》む。

「おかげで助かったぜ。向こうが本気になったら、さすがに多勢《たぜい》に無勢《ぶぜい》だからな」

「そのために、あたしたちを呼んだのでしょ」

裏庭の茂《しげ》みの陰《かげ》からミレルが姿を現す。

「ようやく、わたしたちの出番が来たようだな」

ジーニは悠然《ゆうぜん》と腕《うで》を組み、建物の壁《かべ》に背中を預《あず》けていた。

「ホント、待ちくたびれたわ」

アイラの声がしたかと思うと、リウイのすぐ近くに忽然《こつぜん》と姿を現す。呪文《じゅもん》ではなく、〝姿隠しの外套《エルヴンマント》〟を使ったのだ。

彼女は祖父の影響《えいきょう》で、魔法の宝物の収集《マジックアイテムコレクション》をしていた。実家が大富豪《だいふごう》ということもあり、彼女は大量の魔法《まほう》の宝物を保有《ほゆう》している。そして役に立ちそうなものを旅に持ってきているのだ。

「ここの暮らしも、そろそろ飽《あ》きてきたしな」

　リウイはニヤリと笑う。

　こんなこともあろうかと、リウイは彼女ら四人を宮殿内に招《まね》き入れておいたのだ。

「あいつらは、いったい？」

　ジーニが訊ねる。

「ロドーリル軍の百人隊長たちだ。近衛隊とは違《ちが》うが、鮮血《せんけつ》の将軍ヒュードの息がかかってるんだろう」

　リウイは答えた。

「利用価値があると思い、宰相《さいしょう》ミクーがオレに接触《せっしょく》してきたんだ。そしてオレがそれに乗ったものだからな、さっそく牽制《けんせい》を入れてきたってわけさ」

「宰相ミクーと鮮血の将軍ヒュードとが権力争いをしているということか……」

　なるほど、とジーニはうなずく。

「まあ、どこの国でもあることさ」

リウイは苦笑《くしょう》を浮《う》かべる。

「どう考えても、鮮血の将軍の意図《いと》が分からないんでな。いい加減《かげん》、うんざりしてきたんだ」

「だから、おまえのほうから仕掛《しか》けたわけか？」

「そういうことさ……」

リウイは大きくうなずく。

「鮮血の将軍ヒュードは、オレの正体を知っている。だが、そんなことは気にした様子もなく、女王の側にいることを許し、自らは宮殿《きゅうでん》を離れたまま、何日も帰らない……」

まったく理屈《りくつ》に合わないのだ。

「だから、あえてヒュードの政敵《せいてき》と近づいてみたら、さっそく動きがあったわけさ。あいつが命じた感じではなかったけどな……」

「鮮血の将軍ヒュードと対決するつもりなのですね？」

メリッサが微笑みながら言った。

「ああ、そのつもりだ」

リウイは目を細めてつぶやく。

ヒュードは、避《さ》けてとおることのできない相手である。

彼の狙《ねら》いを知らねばならないし、彼が持っている剣の正体も突き止めねばならないのだ。

(さあ、オレの挑発《ちょうはつ》にどう応じる?)

リウイは心のなかで、鮮血の将軍に向かって呼びかけた。

第4章　謀略

1

「……ヒュード将軍配下の者に、襲撃《しゅうげき》されたと聞きましたが？」

ロドーリル王国の宰相《さいしょう》ミクーの使者である男は、そう言うと、表情を曇《くも》らせた。

「それほど大袈裟《おおげさ》なことではありません。わたしの登用に不満を持つ者たちが脅迫《きょうはく》してきただけです。ヒュード将軍が命じたとも思えません……」

長身で体格もごつい男が、笑いながら答えた。

リウイである。今は、エレミアの交易商人《こうえきしょうにん》ルーイと名乗っている。

リウイたちがロドーリルの占領下《せんりょうか》にあるここプリシスの街に来て、すでに半月が経過していた。

思いもかけぬ事件に巻き込まれ、ほんの数日、滞在《たいざい》するだけのつもりだったのが長引いているのだ。

事件に巻き込まれるのは、いつものことだ。湖岸《こがん》の王国ザインでも、砂塵《さじん》の王国エレミアでも、草原の王国ミラルゴでもそうだった。

だが、ここプリシスでは、これまで以上に、奇妙《きみょう》な展開になっている。

リウイは今、ロドーリル王国の鉄の女王ジューネの近衛隊《このえたい》に属《ぞく》する百人隊長であり、女王のもっとも近くにいる側近中の側近なのだ。

ジューネはいつも、リウイに側《そば》にいることを望み、あらゆる政務《せいむ》に意見を求める。そしてリウイが助言を行うと、それをそのまま採用《さいよう》する。

プリシスの占領政策を行っているのは、今やリウイといっても過言《かごん》ではない。

「ルーイ隊長は、事を荒立《あらだ》たせたくないとお考えなのでしょうが……」

ミクー宰相の使者は苦笑《くしょう》まじりに言うと、わずかに身を乗りだした。

彼は、ペダンと名乗っている。

リウイが彼と会うのは、これで二度目だった。

彼は十日ほどまえにも、本国から宰相の使者として、ここプリシスにやってきている。

そしてリウイに接触《せっしょく》をはかり、宰相がリウイをロドーリルの百人隊長として推挙《すいきょ》する用意があることを伝えてきたのである。

ジューネ女王もそれを強く望んだので、リウイは推挙を受けることにした。

「宰相閣下《かっか》は、あなたに期待をしているのです……」

ペダンはリウイを上目づかいに見つめ、囁《ささや》きかけるように言った。

「わたしに……ですか？」

リウイは驚《おどろ》いた表情を装《よそお》う。

「いったい何を期待されているのでしょう？　わたしは先日まで、一介《いっかい》の交易商人にすぎなかったのですが……」

「宰相閣下は、ロドーリルの行く末を案じておられるのです」

ペダンは声に力を込めた。

「ロドーリルは建国《けんこく》以来、この都市国家プリシスへ、そして北東のバイカル王国へと攻《せ》め入りました。十年もの年月をかけ、ようやくこの街を征服《せいふく》したわけですが、国境《こっきょう》を接《せっ》することになったオラン、ミラルゴ両国は我《わ》が国を危険視《きけんし》しております。最悪の場合、戦《いくさ》を交《まじ》えねばならないでしょう……」

「その可能性《かのうせい》は否定《ひてい》できませんね……」

リウイはうなずいた。

実際、両国は連絡《れんらく》を取り合い、その準備《じゅんび》をはじめている。

「そうなれば、ロドーリルは間違《まちが》いなく滅《ほろ》びます。宰相はこの事態をなんとしてでも避けようとお考えです。ですが、ヒュード将軍を中心とする隊長たちは、大陸全土を征服するという馬鹿《ばか》げた妄想《もうそう》を捨《す》てようとはしていません。それが、女王の意志だからとの理由で……」

「一連の征服戦争は、本当に女王のご意志なのですか？」

リウイはそう訊《たず》ねずにはいられなかった。

ジューネ女王の側近として仕《つか》えてみて分かったのは、彼女は本当に心優《やさ》しい女性だということだ。

彼女は謁見《えっけん》のとき、プリシスの民《たみ》の陳情《ちんじょう》に、いつも真剣《しんけん》に耳を傾《かたむ》けている。そして彼らが抱《かか》える問題の解決をリウイに求めてくる。

すべてを解決するのは不可能だが、できるかぎり、リウイはジューネの意志に添《そ》うべく献策《けんさく》を行ってきた。

結果、プリシスの民のあいだでは、ジューネの評判《ひょうばん》があがってきている。冷酷《れいこく》なのは、鮮血《せんけつ》の将軍ヒュードらロドーリル軍の一部に過《す》ぎないとの噂《うわさ》が広がりつつあるのだ。

そして、その鮮血の将軍は噂を肯定《こうてい》してみせるかのように、抵抗勢力《ていこうせいりょく》を掃討《そうとう》すべく近隣《きんりん》を駆《か》け回っている。

プリシスの残党のみならず、それを匿《かくま》った村を焼き払《はら》うなど、その呼び名どおりの残酷《ざんこく》な仕打ちが、リウイの耳にも届いている。

「残念ですが、女王陛下《へいか》の意志です」

ペダンは沈痛《ちんつう》な表情でうなずいた。

「しかし、それは陛下の本心ではないのです。陛下の御父君《おちちぎみ》は、それは野心的な人物でした、ジューネ様をロドーリルの前身カタラーナ王国の王族のひとりに嫁《とつ》がせ、王位継承権《おういけいしょうけん》を得るや、王族をひとり残らず謀殺《ぼうさつ》、カタナーラ王国を滅亡《めつぼう》に追い込みました。そしてロドーリルを建国し、ジューネ様を女王の座《ざ》につかせました。そして自らは宰相と将軍を兼《けん》任《にん》し、己《おのれ》の野心実現のため、戦いを開始したのです。あの御方の究極《きゅうきょく》の野望は、大陸全土の征服でした。無論、一代では、それを果たせぬことは承知《しょうち》していました。それゆえ、野望の継承をジューネ様に託《たく》したのです。陛下は父君の野望に呪縛《じゅばく》されていると言っていいでしょう」

「そんなことが……」

リウイは呻《うめ》くように言った。

それならば、ジューネの言動は、いくらか納得《なっとく》がゆく。

「で、女王様の御父君は？」

「ロドーリルを建国したあと、まもなく暗殺《あんさつ》されています。あの方を憎《にく》んでいる者はいくらでもいましたから……」

　ペダンは答えた。

「建国したあとも、ロドーリルは戦いの連続でした。しかし、女王陛下は、ご存じのように不思議《ふしぎ》な力を秘《ひ》められた御方ゆえ、敵対していた人々も、しだいに陛下に忠誠《ちゅうせい》を誓《ちか》うようになり、王国は統一《とういつ》されたのです。その内乱《ないらん》のおり、バイカルの海賊《かいぞく》どもは頻繁《ひんぱん》に我《わ》が領土《りょうど》を荒《あ》らし、プリシスも様々な手段で圧力《あつりょく》をかけておりました。両国との戦争は、そのときの報復《ほうふく》でもあるのです……」

「なるほど……」

　リウイはうなずいたが、彼の言葉のすべてを信じたわけではなかった。

　ロドーリルにも言い分があるのだろうが、プリシスやバイカルには、また別の主張があることだろう。国と国との争いとは、そういうものなのだ。

「宰相のお考えは理解できます。ロドーリルが生き残るには、これ以上の戦いは続けてはならない。領土を拡大《かくだい》せずとも、国を豊かにする方策はいくらでもあるのですから……」

　柄《がら》にもないことを言ってるなと、内心、苦笑しながら、リウイはペダンに答えた。

　ミクー宰相《さいしょう》がどういう人間かは分からないが、ミラルゴ、オランとの戦を避《さ》けたいというのは本音だろう。どう考えても、勝つ見込みはないからだ。

現実的に考えれば、両国との和平の道を探すほうが正しい。

（オレが間に入ればいいってことか……）

リウイは、思った。

そういう面倒《めんどう》な仕事は正直、気は進まないが、今は人間どうしが戦っている場合ではない。ロドーリルが対話路線を歩むというなら、なにも無理に武力行使《ぶりよくこうし》する必要はない。

ジューネがロドーリルの民《たみ》に支持《しじ》されているのは間違いないのだ。そんな国に攻《せ》め込み、滅ぼしたとしても、その後の統治がうまくゆくとは思えない。

「ルーイ殿《どの》なら、陛下の御心を変えることはできるのではないでしょうか？」

「わたしに、女王を説得《せっとく》しろと？」

リウイは困惑《こんわく》の表情になる。

「そのとおりです。陛下には、御父君の妄執《もうしゅう》を払拭《ふっしょく》してもらわねばなりません。そしてヒュード将軍の影響《えいきょう》からも……」

ペダンはそう言うと、意味ありげに笑った。

（何か、企《たくら》んでいるな……）

リウイは直感的に思った。

ヒュードを失脚《しっきゃく》させるか、謀殺するような計画が進行しているのかもしれない。

ペダンは今回、何百人もの兵士を引き連れている。表向きの理由は、この宮殿《きゅうでん》の警備《けいび》の強化だが、他に目的があるのだろう。

「大任《たいにん》ですね……」

リウイは大きく息を吐《は》いた。

宰相はリウイを利用して、競争相手であるヒュードを除き、ロドーリルの実権を掌握《しょうあく》したいだけかもしれない。

だが、彼がやろうとしていることは現実的であり、ロドーリルにとって、そして近隣《きんりん》の諸国にとっても利益となる。

間違っているのは、大陸制覇《せいは》の野心を捨てようとしないジューネであり、ヒュードなのである。

「女王様が、わたしの言葉に、耳を傾けていただけるなら……」

リウイはペダンに答えた。

「よろしく、お願いします」

ペダンは満面の笑《え》みで、リウイに握手《あくしゅ》を求めてきた。

2

ミクー宰相の使者ペタンが部屋を去《さ》ったあと、リウイは腕組《うでぐ》みしたまま長椅子《ながいす》に腰《こし》かけていた。視線を壁《かべ》の一点に向け、身じろぎもしない。

と、部屋の隅《すみ》から、忽然《こつぜん》と黒髪《くろかみ》の少女が姿を現した。

ミレルである。

「どう思った？」

リウイは姿勢を変えることなく、ミレルに訊ねた。

彼女は調度品の陰《かげ》に潜《ひそ》んで、先ほどの会話の一部始終を聞いていたのだ。

「リウイの読みどおりだと思うよ」

ミレルは笑顔でうなずいた。

「宰相ミクーと鮮血の将軍ヒュードは、ロドーリルの実権《じつけん》をめぐって争っている。穏健派《おんけんは》と強硬派《きょうこうは》の対立ってとこよね」

そのとき扉《とびら》が開いて、ジーニ、メリッサ、アイラたちが入ってくる。

彼女ら四人は、今、この宮殿に滞在《たいざい》しているのだ。

リウイは、ジーニたちにも宰相の使者との会話を伝える。

「宰相と鮮血の将軍の権力争いなどどうでもいいが……」

リウイは仲間たちを見回して言った。

「女王が説得に応じてくれるのなら、ロドーリルとオラン、ミラルゴの関係を取り持とうと思う……」

リウイはオラン王ともミラルゴ王とも面識《めんしき》がある。彼が間に入れば、話し合いの場を持つことはできよう。

「もしも説得できない場合は？」

ジーニが低《ひく》く訊ねてくる。

「その場合は、オランとミラルゴの騎士団《きしだん》が、この街に攻め込んでくることになる。そのときには、オレも従軍《じゅうぐん》するつもりだ。ジューネ女王をこの手で討《う》つ覚悟《かくご》もある」

リウイは決意《けつい》の表情で言った。

「よろしいのですか？」

メリッサがリウイを見つめる。

「良いも悪いもないからな」

リウイは苦笑《くしょう》をもらす。

「彼女の考えが変わらないなら、他に選択《せんたく》はない……」

リウイはそう言うと、ゆっくりと立ち上がった。

ジューネに会う決心をしたのだ。

女王は今、侍女《じじょ》たちとともに、食事の後かたづけをしている。それが終われば、居室《きょしつ》でくつろぐのが日課だ。

リウイはほとんど毎晩、部屋に呼ばれ、話し相手を務《つと》めている。

「いってらっしゃい……」

アイラが複雑《ふくざつ》な表情でリウイに手を振《ふ》る。

リウイが女王に寵愛《ちょうあい》されていることは、当然、不満なのだ。

もしも女王が彼を伴侶《はんりょ》と望んだら、どうしようと思う。ロドーリル王リウイという言葉が、彼女の脳裏《のうり》をかすめる。

「いってくるぜ」

リウイは仲間たちに笑顔で言うと、部屋を後にした。

そして侍女を通じて、女王ジューネに拝謁《はいえつ》を求める。

彼女はちょうど食事の片付けを終え、居室へともどったところだった。

リウイが訪《たず》ねてきたことを知ると、喜んで部屋へと通す。

ジューネはすでに夜着に着替《きが》えていた。薄衣《うすぎぬ》を通して、彼女の白い肌《はだ》がなかば透《す》けている。

「そなたのほうから訪ねてきてくれるのは初めてですね……」

ジューネは両手を合わせ、嬉《うれ》しそうに笑う。

今は、謁見《えつけん》のときにする化粧《けしよう》も落とし、素朴《そぼく》な雰囲気《ふんいき》の女性に見えた。

四十をとうに超《こ》えてるとはとても思えない容姿である。

いったいどういう手段で若さを保《たも》っているのだろうか、とリウイは何度となく抱《いだ》いた疑問を心のなかで繰《く》り返した。

「おくつろぎのところ恐縮《きようしゆく》です」

リウイは女王に頭をさげた。

「かまいません。急ぎの知らせでも？」

わずかに首を傾《かし》げるような仕草を見せながら、ジューネが訊《たず》ねきた。

「いえ、今宵《こよい》は女王様にお願いがあってまいりました……」

「そなたがわたしに願い事をするのも、はじめてですね。嬉しく思います……」

ジューネはそう言って、微笑《ほほえ》む。

「それでは……」

リウイは息を整《ととの》え、じっとジューネを見つめる。

「女王様、どうか、これ以上の領土の拡大《かくだい》はしないと、わたしにお約束いただけないでしようか？　ただちに戦争をやめていただきたいのです」

リウイは訴《うった》えるように言った。

ジューネはリウイの言葉の意味がすぐには分からなかったように、しばし無言だった。

それから、

「……わたしは、この大陸の民《たみ》すべてに愛されなければならないのです」

と、ぽつりと言った。

「このままでは、ロドーリルはアレクラスト大陸最大の王国オランやミラルゴの勇猛《ゆうもう》な遊《ゆう》牧民《ぼくみん》と戦わなければならなくなります。勝利を得るのは、絶望的です」

「戦《いくさ》は嫌《きら》いです。ですが、そうしなければ、民に愛されることはできない……」

ジューネはそう答えると、わずかに身を震《ふる》わせた。

「それは、女王様の御父君《おちちぎみ》が、ジューネ様に期待したことなのでしょうか？」

リウイは問うてみる。

「わたしの父？」

ジューネは呆然《ぼうぜん》とつぶやいた。

「御父君はすでに亡《な》くなられて久《ひさ》しいと聞いておりますが……」

「父が亡くなった？」

ジューネの身体《からだ》の震えがさらに激《はげ》しいものになる。

「違《ちが》うのですか？」

リウイは一瞬《いっしゅん》、焦《あせ》りを覚えた。

「そうです……父は亡くなりました……」

ジューネは答えると、ふらふらと椅子《いす》から立ち上がった。

しかし、すぐにがくりとなり、絨毯《じゅうたん》の敷《し》かれた床《ゆか》に膝《ひざ》を落とす。

「わたしは……ロドーリルの女王。大陸のすべての民に愛されなければ……ならない……」

ジューネは、そう繰り返した。

「女王様？」

ジューネの様子はあきらかに普通《ふつう》ではなかった。

いや、普段の彼女も、ときおりそんな様子を見せることがある。

(宰相《さいしょう》の使者が言ったように、彼女は父親の野望に呪縛《じゅばく》されているのかもしれないな)

強迫観念《きょうはくかんねん》なのだろうか。

ジューネにとって、父親はそれほど恐《おそ》ろしい存在だったのかもしれない。

しかし、彼女の父君が亡くなったのは、もう何十年も前のはずだ。

時が経《た》てば、いかに強い感情でも薄《うす》れてゆくものである。

「どうか、お考えをお改《あらた》めください。女王様なら、確かに大陸のすべての民の敬愛《けいあい》を受けることができましょう。ですが、それより先に、ロドーリルは他国に滅《ほろ》ぼされてしまうのです……」

リウイも床に膝立ちになると、ジューネの両肩《りょうかた》を摑《つか》んだ。

「ロドーリルが……滅ぼされる？」

ジューネはリウイを見つめ、ぽつりと言った。

「はい、このままでは間違いなく……」

リウイはきっぱりと答えた。

彼女が現実に返らないかぎり、ロドーリルにも彼女自身にも未来はないのだ。

「嫌です……」

ジューネはがくがくと身を震わせながら、何度も首を横に振った。

「ジューネ様？」

リウイは不安を覚えた。

まるで、後の言葉に拒否反応《きょひはんのう》を起こしているかのようだった。

「嫌です……」

ジューネは何度も繰り返しつぶやくと、まるで幼子《おさなご》のように身を小さくした。

「ジューネ様……」

リウイは、ロドーリルの女王を包《つつ》みこむように抱《だ》きしめた。

もはや、何も言う気にはなれなかった。

ジューネの心の扉《とびら》は硬《かた》く閉《と》ざされている。それを開けることは、自分にはできないのだ。

「申し訳ありませんでした……」

リウイはがっくりとうなだれる。

「ジューネ様なら……きっと、誰《だれ》からも愛される女王におなりです……」

激《はげ》しい心の痛みを覚えながら、リウイはジューネに囁《ささや》いた。

何十年もの年月を経《へ》ても、彼女は亡父の呪縛から逃《のが》れることはできなかったのだろう。

(だからなのか？)

リウイは心のなかで、鮮血《せんけつ》の将軍と呼ばれている男に問いかけていた。

(だから、おまえは戦いつづけているのか？)

リウイの腕《うで》のなかで、ジューネは幾分《いくぶん》、落ち着きを取り戻《もど》していた。

「ルーイ……」

青ざめた顔で、ジューネはリウイを見つめている。

「おまえは、わたしを愛してくれるか?」

ジューネは瞳《ひとみ》を潤《うる》ませながら、訊ねてきた。

リウイは腕のなかにいる女性に、愛《いと》おしさを覚える。

もしもリウイがロドーリルの人間だったなら、彼女のことを心の底から愛することができたことだろう。

女王としても、そしてひとりの女性としても……

彼女は、それほど魅力的《みりょくてき》だった。

しかし——

「敬愛しております。ジューネ様……」

リウイは、そう答えた。

「そう……」

ジューネは寂《さび》しそうに微笑んだ。

リウイはジューネを離《はな》すと、片膝をつき、深く頭を下げた。

「数々の無礼《ぶれい》、御容赦《ごようしゃ》くださいますよう……」

リウイは激しい後悔《こうかい》にさいなまれていた。

（ここまで……だな……）

心のなかで、そうつぶやく。

正直、深入りしすぎたと思う。事情はいろいろあるにしても、引き際《ぎわ》はいくらでもあったはずだ。

リウイは引き留《と》めようとするジューネに笑顔で別れを告げた。

そしてそのまま宮殿《きゅうでん》を後にしたのである。もはや、二度ともどらないつもりだった。

だが、オランに帰るわけではない。

彼には、まだこの地でやることがあるからだ。

3

女王の寵愛《ちょうあい》を受けたエレミアの交易商ルーイが突然《とつぜん》、姿を消したことに、プリシスの宮殿では様々な憶測《おくそく》が流れた。

女王の怒《いか》りを買い、逃《に》げだしたとも、彼を妬《ねた》む者に暗殺されたとも、また女王の密命を受けて、他国への使者に出されたというものもあった。

だが、誰《だれ》も真相は知らなかった。

ジューネ女王は、彼の失踪《しっそう》をひどく哀《かな》しんだが、政務《せいむ》を怠《おこた》ることはなかった。

プリシスの街は、しだいに治安を取り戻し、かつての繁栄《はんえい》をほんのわずかだが、取り戻しつつあった。

だが、街を一歩離れれば、ロドーリルに抵抗《ていこう》する者たちが、各所に拠点《きょてん》を築《きず》いている。

鮮血の将軍ヒュードは、その呼び名に違《たが》わぬ残虐《ざんぎゃく》さで、それら抵抗勢力を駆逐《くちく》していた。武器を取った者だけではなく、その協力者まで、疑わしい者はすべて惨殺《ざんさつ》していったのである。

そして、鮮血の将軍は今、プリシスの街からミラルゴへと向かう街道《かいどう》に築かれた砦《とりで》を包《ほう》囲《い》していた。

砦には、数百人もの兵士が立て籠《こ》もっている。どこから補給《ほきゅう》を受けたものか、食糧《しょくりょう》も物資も豊富で、士気は高かった。

包囲して十日以上が過ぎても、砦は一向に落ちる気配を見せなかった。

そして――

「奇襲《きしゅう》です！」

ひとりの兵士が、息を切らしながらヒュードのもとに駆《か》け込むと、かすれた声でそう報告した。

彼の顔は血と汗《あせ》にまみれ、鎧《よろい》には何本もの矢が突《つ》き刺《さ》さっている。

「そうか……」

危急の知らせだったが、ヒュードは微塵《みじん》も動揺《どうよう》を見せなかった。

「各隊ごとに守りをかためよ。おそらく、砦の兵も呼応し、討《う》ってでよう……」

「敵軍は遊牧民の服装をしておりました。あるいは、ミラルゴの戦士たちかもしれません。大軍が攻《せ》めてくるまえに、ここは退《ひ》くべきではないかと、我《わ》が隊の隊長より進言です」

「ミラルゴが動くには早すぎる。ここで退いては、かえって敵の思うつぼだ。帰路《きろ》に伏兵《ふくへい》が潜《ひそ》んでいるに決まっているからな。むしろ、今こそが砦を攻め落とす好機《こうき》。砦の兵が門を開いたら、かまわず中へと斬《き》り込んでゆけ。襲撃《しゅうげき》してきた敵の数、決して多くはない」

ヒュードは淡々《たんたん》とした口調で指示をだしてゆく。

「承知《しょうち》しました！」

冷静《れいせい》な将軍の様子に、伝令の兵士は落ち着きを取り戻《もど》した。

「隊へもどり、報告いたします」

兵士はそう言うと、ヒュードに一礼して走り去る。

他にも、何人かの兵士が、鮮血の将軍の指示《しじ》を伝えるために散っていった。

「宰相《さいしょう》の犬が、小賢《こざか》しい真似《まね》を……」

ヒュードはそうつぶやくと、冷たい笑《え》みを洩《も》らす。

そして戦いは彼が言ったとおりに運んだ。

奇襲をしかけてきたのは、小勢だったのだ。不意《ふい》をつかれ、浮《う》き足だったものの、砦を包囲していたロドーリルの各隊は守りをかため、なんとか踏《ふ》みこたえた。

そこに門が開け放たれ、砦の兵が討ってでてきたのである。

ロドーリル軍は、ヒュードの命令に従い、逆に攻めに転じた。

戦いの行方《ゆくえ》を左右するのは、兵の数もさることながら勢いである。

背後に敵がいればこそ、ロドーリルの兵士たちは死にものぐるいの突撃ができた。そして砦から出てきたプリシスの残党と激戦を演じたのである。

時間が進むにつれ、ロドーリル軍は優勢になっていった。

そしてついには砦を陥落《かんらく》させた。

奇襲をしかけてきた軍勢は散り散りに逃走《とうそう》し、かえってヒュードの軍の追撃を受けることになった。

「こんなはずでは……」

細い山道を必死に走りながら、ミクー宰相の腹心《ふくしん》を自認《じにん》している男は吐《は》き捨てた。

計画は完璧《かんぺき》であるはずだった。

鮮血《せんけつ》の将軍に恨《うら》みを抱《いだ》いているプリシスの残党と接触《せっしょく》し、食糧と物資を渡《わた》し、将軍を砦に釘《くぎ》づけにする。

そして配下に草原の民《たみ》を装《よそお》わせ、ヒュードの軍に奇襲をかけた。

プリシスまでの街道には伏兵を配置し、ヒュードを討ち取る手筈《てはず》も整えていた。

それがである。

これほど手酷《てひど》い敗戦をきっするとは思いもしなかった。

「宰相閣下《かっか》に、どう釈明《しゃくめい》すればいいものか……」

ペダンは絶望《ぜつぼう》を覚えた。

ヒュードの軍に捕《と》らえられた配下の兵から、彼の計画は露見《ろけん》しよう。

反逆《はんぎゃく》の罪を問われれば、当然、処刑《しょけい》は免《まぬが》れない。

そしてミクー宰相は、彼を切り捨てることで保身を謀《はか》るに違《ちが》いないのだ。

ロドーリルの本国に帰ることも、危険だった。

（このまま西へ向かい、オランへ逃げるしかないか……）

うまく立ち回れば、ロドーリルの内情を知る者として、オランに取り立ててもらえるかもしれない、とペダンはふと考えた。

（どうせ、このままなら、ロドーリルは滅《ほろ》ぶのだ……）

ペダンは、ほくそ笑んだ。

オランやミラルゴの援助《えんじょ》を受け、ロドーリルの実権を握《にぎ》ることも、あながち夢ではないかもしれない。

だが、彼の笑いは、すぐに凍《こお》りつくことになる。

行く手に、赤い刃《やいば》の剣《つるぎ》を手にした男が、待ち受けていることに気がついたからだ。

鮮血の将軍ヒュードである。

「おまえの浅知恵《あさぢえ》などお見通しだよ……」

ヒュードは低く、つぶやいた。

彼は護衛も伴《ともな》わず、単身だった。

しかし、彼はロドーリルのなかでも最強の戦士である。その赤き刃の剣で、何百、何千もの人の命を奪《うば》い、大地を鮮血で染《そ》めている。

「これまで……か……」

ペダンは呻《うめ》いた。

鮮血の将軍に慈悲《じひ》を請《こ》うことの無意味さは、彼とて理解している。

万に一つの可能性にかけ、ペダンは剣《けん》を抜《ぬ》いた。

だが、奇跡《きせき》というものはそうそう、起こるものではない。

数瞬後《すうしゅんご》には、彼は自らが流す血で山道を赤く染め、物言わぬ骸《むくろ》となりはてた。

ヒュードはペダンの死体には一瞥《いちべつ》もせず、山道を砦《とりで》へと引き返しはじめる。砦は百人隊長のひとりに守らせ、彼自身は、プリシスへと引き返すつもりだった。

エレミアの交易商ルーイ失踪《しっそう》の噂《うわさ》は、彼の耳にも届いている。

女王ジューネの側《そば》には、誰《だれ》かがついていなければならないのだ。

だが、砦へと急いでいた彼の歩みはしばらくして止まった。

長身でごつい体格をした黒髪《くろかみ》の男が、突然《とつぜん》、姿を現したからである。

「オーファンの王子……」

ヒュードはわずかに目を細めた。

「悪いが、一部始終は見させてもらったぜ。ミクー宰相より、あんたのほうが、どうやら上手のようだな……」

リウイはそう言うと、自嘲《じちょう》の笑みをもらした。

「オレは宰相に謀《はか》られ、ジューネ女王をひどく傷つけてしまったけどな……」

「女王は心優《やさ》しい御方《おかた》だ。そのぐらいのことでお怒《いか》りにはなられぬ……」

ヒュードの声は平静そのもので、何を考えているのか相変わらず読むことはできない。

「そうだな、女王はオレを許してくれただろう。だが、オレは自分を許せなかったのさ。それに、もう潮時《しおどき》だ。女王の心を変えることができないのなら、ロドーリルは滅びるしかない」

リウイは吐《は》き捨《す》てるように言った。

「おまえには失望《しつぼう》させられたよ。その程度で、女王のもとから逃《に》げだすとはな」

ヒュードは冷ややかに言った。

「オレも自分の無力さに失望したさ。彼女を呪縛《じゅばく》から救えなかったんだからな……」

リウイはプリシスの街の方角に、一瞬、遠い視線を向けた。

「オレに、何用だ？」

ヒュードはそう訊《たず》ねてきた。

「いくつかある」

リウイは苦笑《くしょう》した。

「だが、おまえのほうでも、オレに用があるんじゃないのか？　護衛《ごえい》も伴《ともな》わず、行動したのは、宰相の手下を討ち取るためだけじゃないだろう？」

プリシスを出奔《しゅっぽん》したあと、リウイは鮮血の将軍と見《まみ》える機会を狙《ねら》っていたのである。

そして、彼はその機会を進んで作ったのだ。

誘《さそ》いだされたということぐらいは、リウイには分かる。

「女王を救いたいというおまえの気持ちが本物なら、機会を与《あた》えようと思ったのだ……」

ヒュードはほくそ笑《え》むと、そう声をかけてきた。

「女王を救う？」

鮮血の将軍の言葉に、リウイの眉《まゆ》がぴくりと動く。

「ジューネ女王を呪縛しているのは、彼女の父君であり、このオレだ……」

ヒュードは淡々《たんたん》とした口調だった。

（それについては、ペダンの言ったとおりなんだな）

リウイは内心、うなずく。

「そして、女王の心を変えようとしても、彼女の心にはいかなる言葉も届《とど》かない。たとえ、女王のお気に入りであるおまえであってもな」

「なぜだ？　なぜ、彼女の心は変えられない？　何十年ものあいだ、くだらぬ妄執《もうしゅう》に囚《とら》われつづけている？」

「おまえは魔法戦士《ルーン・ソルジャー》だろう？　彼女の側にいて、何も気づかなかったのか？」

ヒュードが侮蔑《ぶじょく》の表情を見せる。

「やはり、そういうことか……」

リウイはひとりごとのようにつぶやくと、何度もうなずいた。

「彼女の時間は止まっているんだな。肉体だけではなく、その心までも……」

ヒュードは何も言わずニタリと口の両端《りようはし》をつりあげる。

不気味《ぶきみ》な笑みだ、とリウイは思った。

「いったい、どういう手段を使ったんだ？」

そうヒュードに問いかける。

「わたしが、呪《のろ》いをかけたのだよ。永遠に解くことができぬ呪いにな」

ヒュードはそう答えると、高らかに笑った。

「貴様《きさま》！」

リウイは激《はげ》しい怒りを覚えた。

「それが本当だとしなら、オレは貴様をぜったいに許さねぇ!!」

そう叫《さけ》ぶと、リウイは上位古代語《ハイ・エンシエント》を一言、唱えた。

〝番兵《センチネル》〟という彼の呼びかけに応《こた》え、魔法王《ファーラム》の鍛冶師《かじし》が鍛《きた》えた〝生ける鎧《リビングアーマー》〟が長《バスタード・ソード》剣を携《たずさ》え、姿を現す。

「契約《けいやく》に従《したが》いて、我《わ》が剣《つるぎ》となり、鎧《よろい》となれ！」

リウイはセンチネルに呼びかけた。

そして生ける鎧は、その命令に応えた。

「変わったものを見せてくれる」

ヒュードは身体《からだ》を震《ふる》わせて笑った。

口をいっぱいに開き、だらりと舌《した》をだす。

見たこともない表情《ひょうじょう》だった。彼はいつも感情《かんじょう》を抑《おさ》え、理性的に行動しているように見えた。何を考えているのかも、悟《さと》らせなかった。そして宰相《さいしょう》の謀略《ぼうりゃく》を、彼は易々《やすやす》と看破《かんぱ》し、逆手《さかて》にとった。

恐《おそ》るべき知謀だと、リウイも感心したものだ。

しかし、彼が本当に抑えていたもの、隠《かく》していたものは、狂気《きょうき》なのかもしれない、とふと思った。

「貴様が持つ、その赤き刃の剣、いただくぜ！　それが、オレの用だ!!」

リウイはそう叫《さけ》ぶと、気合いをこめ、ヒュードに斬《き》りかかっていった。

剣《けん》の技量では、鮮血《せんけつ》の将軍に勝てないのは分かっている。

リウイはだから、ヴァンが鍛えた〝生ける鎧《リビングアーマー》〟センチネルの防御力《ぼうぎょりょく》にかけるつもりだった。

致命傷《ちめいしょう》を受けなければそれでいい。

そして、ヒュードを殺すつもりもなかった。

ジューネ女王を呪縛から解《と》く方法も聞きださなければならない。

剣を奪《うば》えるぐらいの手傷を負《お》わせればいいのだ。

仲間たちも、すぐ側《そば》にいる。

ジーニたち四人ばかりではない。竜 司《ドラゴン・プリースト》祭の娘《むすめ》ティカと、火 竜《ファイアドラゴン》の幼 竜《ドラゴンパピー》クリシュも呼び寄せているのだ。

リウイは自らの勝利を疑《うたが》っていなかった。

しかし——

次の瞬間、予想もしなかったことが起こった。

ヒュードの剣がリウイを捕《と》らえ、センチネルの肩当《かたあ》てに当たったのである。

そして生ける鎧は突然《とつぜん》、ばらばらになり、リウイの身体から離《はな》れると、元の形にもどったのだ。

生ける鎧の硬《かた》さを信じて踏《ふ》み込んでいたリウイは、ヒュードの剣を肩に深く受けることになった。

おびただしい鮮血がほとばしり、山道の地面を濡《ぬ》らす。

仲間たちの誰かがあげる悲鳴《ひめい》が、山にこだました……

第5章　いにしえの神殿

1

肩に激痛《げきつう》が走っている。

心臓《しんぞう》が鼓動《こどう》するたびに、どくどくと血が噴《ふ》きだしてゆく。

リウイは呻《うめ》き声をあげ、がっくりと地面に膝《ひざ》をついた。

（いったい、なにが起こったんだ……）

呆然《ぼうぜん》と思う。

傍《かたわ》らには〝生ける鎧《リビングアーマー》〟の形態にもどった魔法《まほう》の鎧センチネルがいた。直立不動《ちょくりつふどう》の姿勢《しせい》で立ったまま、ぴくりとも動かない。

鮮血の将軍ヒュードの剣を受けた瞬間、センチネルは、突然、弾《はじ》け飛ぶように身体から外れてしまったのである。

この鎧の防御力を信じ、ヒュードに突撃《とつげき》していったのが、完全に仇《あだ》となった。

リウイは左肩に深手を負った。

苦痛と屈辱《くつじょく》に耐《た》えながら、彼の目の前で悠然《ゆうぜん》と立つ、ヒュードを睨《にら》みつける。

と、目の前に赤毛の女戦士が飛びこんできて、大剣《グレートソード》を肩の高さで切っ先を突《つ》きだすように構えた。

「わたしが相手をしよう」

ジーニは目を細めると、低く言った。

「今、癒《いや》しの呪文《じゅもん》を唱《とな》えます……」

豪奢《ごうしゃ》な金髪《きんぱつ》の女性が駆《か》け寄《よ》ってきて、かすれた声で言う。

メリッサは、リウイの傷《きず》を確《たし》かめると、一瞬《いっしゅん》、表情を強張《こわば》らせた。

そして戦神マイリーに祈《いの》りを捧《ささ》げはじめる。

山道からそれた森のなかでは、黒髪《くろかみ》の盗賊《とうぞく》少女が全身を震わせながら、投擲用《とうてきよう》の短剣《ダガー》の狙《ねら》いを鮮血の将軍に定めている。

ミレルの足下《あしもと》では、魔法の眼鏡《めがね》をかけた女性魔術師《ソーサリス》が気を失って倒《たお》れていた。

ふたりの頭上には、竜司祭《ドラゴンプリースト》の娘《むすめ》が背中には翼《つばさ》を、両手には鉤爪《かぎづめ》を生やして舞《ま》っている。

ティカは、信仰《しんこう》の対象である竜の姿を次第《しだい》に我《わ》がものとしている。最終目標は、彼女の部族の先代の長《おさ》のように、竜に転生することとなのだ。

その転生竜《てんせいりゅう》クリシュは、先端《せんたん》がふたつに割《わ》れた舌をちろちろと出し入れしながら、主人であるリウイをじっと見つめている。

金色の瞳《ひとみ》は、刃《やいば》のように縦に細く絞《しぼ》りこまれていた。

「仰々《ぎょうぎょう》しく呼びだしたわりには、役に立たぬ鎧《よろい》だったな……」

ヒュードは冷たく笑うと、赤き刃の剣を収める。

「おかげで加減をしそこねた。もっとも、これで命を落とすようなら、そこまでということだがな」

「あいにくだが、このぐらいでくたばるつもりはない……」

リウイは苦痛に顔をしかめながら、よろよろと立ち上がった。

メリッサの癒しの魔法で、傷口はなんとか塞《ふさ》がっている。だが、出血が激しく、体力を著《いちじる》しく奪《うば》われていた。

「教えてもらうぜ。ジューネ女王の呪《のろ》いを解くには、どうすればいい?」

リウイは荒《あら》い息をつきながら、ヒュードに訊《たず》ねる。

「指輪をはめるのだ……」

ヒュードは答えた。

「おまえに資格《しかく》があれば、ジューネの呪いは解かれ、彼女の時間は動きだすだろう」

戦いをはじめたときに見せた狂気《きょうき》の表情はすでに影《かげ》を潜《ひそ》めている。

その声は静かで、表情からは何も読みとれない。

「どの指輪をはめろと言うんだ？　それは、いったいどこにある？」

リウイは気力を奮《ふる》いたたせようと大声をあげる。

そうでもしないと、このまま意識を失ってしまいそうだった。

「わたしとジューネの故郷《こきょう》の村に行くがいい。郊外《こうがい》の山中に、いにしえのマーファ神殿《しんでん》があり、指輪はそこに安置《あんち》されている」

ヒュードはそれだけを言うと、わきをすり抜《ぬ》け、立ち去ってゆく。

リウイは振《ふ》り返り、鮮血の将軍の姿が見えなくなるまで睨みつづけた。

そして、その姿が山道の向こうに消えた瞬間、仰向《あおむ》けにゆっくりと倒れていった。

ジーニがあわてて、巨漢《きょかん》の魔法戦士《ルーン・ソルジャー》の身体《からだ》を支える。

メリッサは、リウイにもう一度、高位の癒しの呪文を唱えた。

「大丈夫《だいじょうぶ》なの？」

ミレルが泣きじゃくりながら走り寄ってゆく。

「普通《ふつう》の人なら致命傷《ちめいしょう》だったかもしれませんが……」

メリッサは、ミレルを優《やさ》しく抱《だ》き止めた。

「この人が、そう簡単に死ぬわけないでしょう?」

「そうだよね……」

ミレルは鼻をすすりながらうなずく。

「この男が回復するまで、どこかで休むしかないな」

ジーニが、大きく息をついた。

「そうですわね……」

メリッサは静かにうなずく。

「目が覚めたら、きっと鮮血の将軍と鉄の女王の生まれ故郷に行くといいだすでしょうから……」

2

リウイは高熱を出し、近くにあった猟師《りょうし》小屋で、三日三晩、寝込《ねこ》むことになった。

しかし、四日目の朝にはけろりとして起きあがると、衰《おとろ》えた体力を取り戻《もど》すべく、大量の食事を取り、ジーニを相手に剣《けん》の稽古《けいこ》をする。

それを終えると、ジューネとヒュードの故郷の村に向かうための身支度《みじたく》をはじめた。

「センチネルは、結局、あのままか……」

手早く荷物をまとめたあと、リウイは置物《おきもの》にでもなったように直立不動の姿勢をとる〝生ける鎧《リビングアーマー》〟を苦笑《くしょう》まじりに見つめた。

いつもなら保管場所《ほかんばしょ》に自動的に帰ってくれるのだが、今はその気配《けはい》もない。

剣で斬《き》られた瞬間、この魔法の鎧が外れるというのは大誤算《だいごさん》だった。そのせいで、危《あや》うく命を落としかけた。

「魔力を失い、ただの鎧にもどったのかな？」

リウイは首をかしげる。

「それはないと思うけど……」

アイラが魔法《まほう》の眼鏡《めがね》に手をかけながら、センチネルを丹念《たんねん》に調べてゆく。

白銀の全身には、傷《きず》ひとつなかった。

魔法の武具《ぶぐ》は傷を受けても自然にもとにもどるものが多い。再生の魔力をかけられているからだ。

「魔法王の鍛冶師《かじし》ヴァンの宝物庫を守護《しゅご》することが、センチネルの使命だった。この鎧こそが、もっとも価値のある宝物だったわけだけど。リウイはこの魔法の鎧と戦い、勝利したことで、所有者《しょゆうしゃ》として認《みと》められた。そういう魔法の命令がかけられていたからで、それが解除《かいじょ》されたのではないかしら……」

郵便はがき

おそれいりますが
50円切手を
お貼りください

102-8144

東京都千代田区富士見1-12-14

富士見書房編集部

「12月ファンタジア文庫新刊」係　行

ご住所	〒		
お名前		（男・女）	歳
ご職業（学校名）		TEL	

特製ポストカードあたります！

このアンケートをご返送くださった方の中からファンタジア文庫ポストカード・セットを抽選で50名にプレゼントいたします。当選者の発表は発送をもってかえさせていただきます。ぜひご返送ください。（締め切り　2007年1月30日消印有効）

富士見書房　2006年12月　愛読者応募カード

ご購読いただきありがとうございます。下記のアンケートにお答えください。
いただいたアンケートは、今後の企画の参考にさせていただきます。

この本のタイトル	

ご購入なさった書店(　　　　　　　　　　　　　　　　　　　　　　　)

●この本を何で知りましたか？

1.雑誌を見て（雑誌名　　　　　　　　　　　　　）　2.お店で本を見て
3.ポスターやチラシを見て　4.インターネットで見て　5.人に勧められて
6.その他(　　　　　　　　　　　　　　　　　　　　　　　　　　　)

●お買い求めの動機は？

1.作者が好きだから　2.カバー（イラスト）がよいから　3.タイトルが気に入ったから
4.カバーの作品紹介を読んで　5.月刊ドラゴンマガジンの特集＆短編を読んで
6.チラシを見て　7.その他(　　　　　　　　　　　　　　　　　　　　)

●この作品の内容についてあなたなりの判定をお願いいたします。

1.この本の内容は
（1:大変面白かった　2:面白かった　3:普通　4:つまらない）
2.上記の判定の理由と寸評、作品の良かった点、悪かった点をお書きください。
良かった点(　　　　　　　　　　　　　　　　　　　　　　　　　　)
悪かった点(　　　　　　　　　　　　　　　　　　　　　　　　　　)
3.この作品の中でお気に入りのキャラクターを教えてください。
ベスト1（　　　　　　）　ベスト2（　　　　　　）　ベスト3（　　　　　　）
4.この作品の続編が読みたいですか？（1:はい　2:いいえ）

●この作品のイラストに関してお聞きします。

1.本作品のイラストは（1:良い　2:普通　3:良くない）
2.口絵のボリュームに関して（1:満足　2:普通　3:物足りない）

●月刊ドラゴンマガジンを購読していますか？

1.毎月　2.ときどき　3.いいえ

●今月、何冊の本を買いましたか？（　　　　冊）

●この本と一緒にご購入なさった本があれば教えてください。

●この本についてのご意見・ご感想をお書きください。

富士見書房新刊情報
2006.12
富士見書房
ドラゴンプレス
京四郎と永遠《とわ》の空
介錯
AT-X◆1月5日(金13:30～、23:30～) tvk◆1月6日(土25:30～)
テレ玉◆1月8日(月25:30～) チバテレビ◆1月8日(月26:10～)
サンテレビ◆1月8日(月26:10～) メ～テレ◆2月16日(金28:15～)
2007年
アニメ放送
スタート!!
※放送日時は、都合により変更
になる可能性があります。
富士見書房のホームページ http://www.fujimishobo.co.jp
＊表示はすべて税込み(5%)です。 ＊表示は2006年12月1日現在の価格です。

特集
スプライトシュピーゲル
冲方丁＆はいむらきよたか
好評連載
魔法戦士リウイ
神代の島の魔法戦士
水野良＆横田守
新連載
アーマード・コア
和智正喜＆えびね 監修・協力：(株)フロム・ソフトウェア
特別付録
ドラゴンマガジン特製トランプ
表紙イラスト
GOSICK
桜庭一樹＆武田日向
特集
マルタ・サギーは探偵ですか？
野梨原花南＆すみ兵
ドラゴンマガジン2月号増刊
ファンタジアバトルロイヤル
FANTASIA BATTLE ROYAL
2007年1月中旬発売！
予価980円

fujimi fantasia bunko 富士見ファンタジア文庫 [12月最新刊]発売中

人気作、続々刊行!

アニメ放送中!

多彩に広がるBBBワールドに酔いしれろ!

BLACK BLOOD BROTHERS Ⓢ3

—ブラック・ブラッド・ブラザーズ 短編集—

あざの耕平 イラスト:草河遊也 609円

ミミコがカンパニーで会社員生活を送っていた時代の調停員姿、そしてケインやゼルマン、サユカの知られざる姿を描いた物語も収録した短編集。書きおろし中編は、禁酒法時代のアメリカが舞台。カーサと一緒に、探偵事務所を構えることになったジローたち。しかし、地元のギャングとトラブルが!?

アニメ単行本 1月発売

ブラック・ブラッド・ブラザーズ・マニュアル

Bang-up Background Book

ドラゴンマガジン編集部:編 予価:1890円

ドラゴンマガジンと同じサイズで「BBB」のすべてを徹底紹介。あざの耕平書きおろし小説や、草河遊也の未公開ラフ画も掲載。ファン必携ガイドです!

アニメ放送中!&DVD発売スタート! 詳しくは、アニメ公式HP http://character.biglobe.ne.jp/BBB/でチェック!

アニメ制作中!

シリーズ第3弾! 今度はいよいよ月へ飛ぶぜ!

ロケットガール3

私と月につきあって

野尻抱介 イラスト:むっちりむうにい 609円

ロケットガールズの新たな任務、それは欧州の「アリアンガールズ」の月飛行のサポート! だがアリアンガールズにトラブルが続出で、気づけばゆかりたちが月へ飛ぶことに……。

※実際のカバーとは異なります。

TVアニメ今冬放映予定!! 公式HP http://www.Rocket-girl.Jp/

[アニメSTAFF]監督:青山弘 シリーズ構成・脚本:中瀬理香 アニメーション制作:ムークアニメーション

PlayStation®2
2007年初頭
発売予定!
Fate/stay night [Réalta Nua]
フェイト/ステイナイト
問おう。貴方が、私のマスターか
価格■extra edition 9240円(税込)[SLPM-66512]
通常版 7140円(税込)[SLPM-66513]
メディア■DVD-ROM 1枚組
ジャンル■伝奇活劇ビジュアルノベル 発売元■角川書店
extra edition特典
●PSPソフト「とびだせ! トラぶる花札道中記」
予約特典 Fate胸像コレクション 聖杯【セイバー】
海洋堂の造形力とTYPE-MOONの
完全監修のみが成せる奇跡を活目せよ!!
※フィギュアはextra editionのみの予約特典物です。
通常版には付きませんので、予めご了承下さい。
製造:海洋堂 原型師:榎木ともひで
※フィギュアの写真は制作中のものです。商品の内容・仕様は
一部変更になる可能性があります。
©TYPE-MOON/KADOKAWA SHOTEN PUBLISHING CO.,LTD.
"PlayStation"は株式会社ソニー・コンピュータエンタテインメントの登録商標です。
●公式サイト:http://www.fate-ps2.com/

護くんに女神の祝福を!
超ツンデレお姉さんは好きですか!
DVDビアトリス1(第1・2話収録)
2007年2月23日(金)
発売予定!
価格■メガデレ・エモ〜ション 8190円(税込)[KABA-2201]
通常版 6090円(税込)[KABA-2301] 全12巻(各巻2話収録) リニアPCM(STEREO) 16:9スクイーズ 原作■岩田洋季(メディアワークス電撃文庫・刊) 監督■川崎逸朗
製作■ビアトリス製作委員会 発売元■角川書店 販売元■角川エンタテインメント
メガデレ・エモ〜ション(限定版)特典
●オリジナルキャラクターソング・ディスク①
・「生徒会のテーマソング」(歌:生徒会役員一同) ・ショートミニドラマ(予定)
●映像特典『八木の定時報告』
・「キャラホビ2006で行なわれたキックオフイベント編集版その1」
●東ビ大附属生徒会グッズ①『美月の写真』(門外不出)
●高品有桂描き下ろしジャケット
●佐藤利幸、高品有桂描き下ろしDVD収納BOX(6巻収納)
●ブックレット『東ビ大附属ふれあいだより』
毎週木曜 深夜0時帯 WOWOWノンスクランブル(無料放送)
絶賛放送中!! ※BS機器をお持ちの方ならどなたでもご覧いただけます。
©岩田洋季・メディアワークス/ビアトリス製作委員会
●公式サイト:http://www.megadere.com/

NEW AGE STANDARD COMIC
月刊ドラゴンエイジ
DRAGON AGE
2月号
1月9日(火)発売!!
予価580円
◎全キャラ集合イラスト他、
感動の描き下ろしカラーが満載!
◎『神無月の巫女』
『円盤皇女ワるきゅーレ』など、
人気作を徹底分析
◎『京四郎と永遠の空』紹介&
アニメ最新情報も充実
◎氷川へきるほか、
超豪華ゲスト陣も執筆!
介錯ファンもビギナーも
楽しめる内容盛りだくさん♪
付録
介錯のすべてがわかる
オールカラー小冊子
「絶対介錯!〈KAISHAKU Side⇔KYOSHIROU Side〉」
角川書店の
コミックス
1月の新刊
角川コミックスドラゴンJr. 12/28発売
アニメ放映間近! 涙の花舞い散る第2巻!
京四郎と永遠の空② 介錯 609円
嵐を呼ぶおばあちゃん・エルダ、再び!?
かりん⑩ 影崎由那 588円
一人前を目指す火乃香の奮闘記、ついに完結
ザ・サード—砂漠の星のアプレンティスガール—②
原作:星野亮 作画:伊藤有子 キャラクター原案:後藤なお 588円
りかのの移植の謎がついに明らかに……!?
ピクシーゲイル② 宮下未紀 609円
ドラゴンコミックス 12/28発売
アニメ放映中の人気作が早くもコミックス化!
奏光のストレイン
原案:スタジオ・ファンタジア 作画:U.G.E 777円

月刊ドラゴンマガジン
DRAGON MAGAZINE
2月号
12月27日(水)
発売! 予価740円
巻頭特集
風の聖痕《スティグマ》
山門敬弘&
納都花丸
アニメ企画進行中!
富士見ファンタジア文庫 好評発売中
風の聖痕1〜6
風の聖痕 Ignition1・2

渾身の
新シリーズ!

忽れたあの子の正体は……全国制覇のための備品です!?

ぼくらのみかたん。

黒森高校未科研です♥

富永浩史　イラスト:日向恭介　588円

云校生・周防勇は、登校初日、自分の趣味嗜好にストライクな美少女に出逢い、
恋に落ちた!　だが彼女の正体は——!?
コボコンを舞台に描く、超絶メカ萌え燃え小説、登場!

魔法戦士、鉄の女王に心揺さぶられる!?

魔法戦士リウイ ファーラムの剣

鋼の国の魔法戦士

水野良　イラスト:横田守　546円

鋼の国ロドーリルに占領された街にやってきたリウイ一行。
ロドーリル王女の側近が聖剣を持っているらしいと気づき、
謁見の機会を狙うが……。愛しいまでに切ない冒険譚。

ジェイド、お前はあたしの敵だ!

紅牙《こうが》のルビーウルフ5 宝冠に咲く花

淡路帆希　イラスト:椎名優　588円

二つの神具とミレリーナ姫を奪回するため敵陣に乗り込んだルビーウルフたち。
だが、敵の術に嵌まったルビーウルフはジェイドを敵と認識し——!?

仲間と恋と商売と。疾走する七人の青春経営ファンタジー!

七人の武器屋 戸惑いのリニューアル・デイズ!

大楽絢太　イラスト:今野隼史　609円

ドラゴンエイジピュア
に漫画登場!

「究極の武器屋」作りに燃える七人。
だが突然イッコがドラゴンキラーになることを宣言し店を辞めてしまった!
マーガス、アンタはどうするの!?

これで読み納め!『サーラの冒険』の特別編登場です!

ソード・ワールド短編集

死者の村の少女 サーラの冒険Extra

山本弘　イラス:幻超二　546円

本編5巻末でサーラと別れた後——魔獣と化したデルを襲う事件を描く表題作ほか、
ギルドマスターが語った「夢」にまつわる短編など3編を収録!

カード・ゲーム

12月下旬発売

ドラゴン☆オールスターズF

涼宮ハルヒの祭典

1パック315円（カード9枚入り）、
1ボックス3150円（10パック入り、ルール&プレイマット）
発行:富士見書房　発売:角川書店
ゲーム制作:中澤光博・長島晶裕／ORG

レースTCG「ドラスタ」に、「涼宮ハルヒ」のカードだけを収録したスペシャル・カード集が登場。原作のイラストとTVアニメの名シーンを多数収録した、ファン必携のアイテムだ。ボックスにはゲームのルールもついてくるぞ!

◀全国書店にて、ボックス単位でご注文いただけます。
商品の詳細はドラスタ公式ホームページで!
http://www.fujimishobo.co.jp/game/das/
お問い合わせは富士見書房ゲームサポート直通ダイヤル
（03-3238-8588 祝祭日除く平日11時～19時）まで。

コミックス

角川
コミックス・エース
12月26日発売

涼宮ハルヒの憂鬱③

原作:谷川流　漫画:ツガノガク
キャラクター原案:いとうのいぢ
567円　角川書店刊

月刊少年エースに連載中のコミック版。3巻では、ハルヒがSOS団を率いて草野球大会に出場するぞ。お問い合わせは角川書店（03-3238-8521）まで

ますます絶好調!「涼宮ハルヒ」カード&コミックス&DVD発売

小説に、コミックスに、アニメに大活躍の「涼宮ハルヒ」シリーズ。今度は、カード・ゲームが富士見書房から発売されるぞ

アニメDVD

12月22日発売

涼宮ハルヒの憂鬱6

Episode00,1巻～5巻発売中（全8巻）
通常版は各巻5880円、
限定版は各巻6930円
Episode00のみ通常版3780円、
限定版4830円
発売元:角川書店
販売元:角川エンタテインメント・
京都アニメーション

驚異のハイクオリティと遊び心たっぷりの演出で絶大な支持を得た、TVアニメ『涼宮ハルヒの憂鬱』がDVDで発売中!　お問い合わせは角川エンタテインメントテクニカルサポートセンター（フリーダイヤル0120-66-9012）まで。

小説

角川
スニーカー文庫
発売中

「涼宮ハルヒ」シリーズ

谷川流　イラスト:いとうのいぢ
角川書店刊

原点となった小説版「涼宮ハルヒ」シリーズは現在8冊が刊行され、さらに続巻が予定されている。エネルギッシュな美少女ハルヒが巻き起こす、非日常系学園ストーリーを体験せよ!
お問い合わせは角川書店（03-3238-8521）まで

わたし、魔法使いむいてないですか？
あめーじんぐ・はいすくーるII
魔法の授業、始まりですか？
長野聖樹　イラスト:芦俊　609円
いよいよ魔法の授業が始まった！　でも、補欠合格の和泉は空飛ぶ絨毯の操作も魔力測定も大失敗で……。ぽわぽわ魔法学園ファンタジー第二弾！

第6回富士見ヤングミステリー大賞&
第18回ファンタジア長編小説大賞受賞作
1月20日同時発売!!
一挙デビュー！ 4つの原石。

富士見ミステリー文庫
1月の新刊は1月20日発売！
L・O・V・E！
ニュー・パワー!!
今月は発売日が大きく異なります。ご注意ください！

第6回富士見ヤングミステリー大賞

FUJIMI MYSTERY BUNKO

斬新なタイムトラベル・ミステリー！
大賞
僕たちのパラドクス―Acacia2279―
厚木隼　イラスト:QP:flapper
タイムマシンが普及している23世紀。時空犯罪を取り締まるための機関、時空管理局に所属する時空監査員ハルナ・キリシマは、2006年に居座って麻薬密売に手を染めている時空犯罪人の処断を命じられるが――。

「僕たちのパラドクス」

未体験のゴシック・サスペンスが登場！
佳作
ヴァーテックテイルズ
麗しのシャーロットに捧ぐ
尾関修一　イラスト:山本ケイジ
都市部ではガス灯の輝きと蒸気機関の発展とともに法治国家としての近代化が進んでいるが、辺境ではいまだに宗教道徳が支配する前近代的な社会が残っている時代。これはそんな時代に存在した、ある『屋敷』を巡る物語――。

第18回ファンタジア長編小説大賞

fujimi fantasia bunko

圧倒的なパワーで準入選作に！ 未体験な衝撃が堂々デビュー！
準入賞
太陽戦士サンササン
坂照鉄平　イラスト:Ein
「太陽戦士サンササン、降臨ッ！」来間鉄斎が出会ったのは、族メットに憑依した自称・異世界の勇者ジャバだった。
彼は伝説の勇者となるため、自分を装着することを鉄斎に強要する。
「そんなカッコ悪いことできるか！」鉄斎は全面拒絶するが……!?

「太陽戦士サンササン」

誰かのもとへ還りたい――切ない願いが紡ぐ、詠うファンタジー！
佳作
黄昏色の詠使い
イヴは夜明けに微笑んで
細音啓　イラスト:竹岡美穂
物体の名前を詠うことで呼び寄せる召喚術・名詠式。その専門学校に通うクルーエルは、異端の夜色名詠を専門にしている転校生・ネイトに興味を抱いていた。同じ頃、学校に伝説の名詠士・カインツが現れて!?

「イヴは夜明けに微笑んで」

京四郎と永遠の空
介錯
新年は"絶対介錯!"
「京四郎と永遠の空」が表紙＋特別付録!!
コミックス①②巻好評発売中!!!
もうすぐテレビでも
会えますね♪
あのメカアクションゲームのオフィシャルコミックがエイジに登場!!
ARMORED CORE
—TOWER CITY BLADE—
作画:氷樹一世
監修・協力:㈱フロム・ソフトウェア/後藤広幸
新連載
死神とチョコレート・パフェ
原作:花凰神也　作画:森崎くるみ
キャラクター原案:夜野みるら
砂糖菓子の弾丸は撃ちぬけない
A Lollypop or A Bullet
原作:桜庭一樹　作画:杉基イクラ
熱望に応えて再び登場!!
2号連続掲載!!
水色スプラッシュ
原作:舞阪洸　作画:紫☆にゃー

アイラはそう推測《すいそく》し、洋燈《ランプ》の精霊《せいれい》シャザーラに訊ね、それが正解であるとの答えを得《え》た。知識魔神《ちしきまじん》であるシャザーラは〝全知〟の能力を持っている。正しく質問を行えば、彼女の脳裏《のうり》にはその答えが浮《う》かぶのだ。

アイラは指輪の魔力で、シャザーラを支配しているので、この知識魔神の知識や能力を共有することができる。

だが、異界の住人であるシャザーラと長時間、意識を通わせていると、精神《せいしん》が毒《どく》されるように思えてきたので、必要のないときには、指輪をはずすようにしている。支配しているつもりが、いつのまにか支配されているという恐《おそ》れもある。

「〈命令解除《ディスペル・オーダー》〉の呪文《じゆもん》をかけられたようなものか」

リウイがうなずく。

「そうね。でも、鮮血《せんけつ》の将軍が古代語魔法を使ったとは思えないから、当然、彼が持っていた剣の魔力《まりよく》でしょうね……」

「だとすると……」

リウイは荷物のなかから、ヴァンの館《やかた》で発見した魔法の石盤《せきばん》を取り出した。

石盤には、ヴァンが鍛えた魔法の武具の一覧表《いちらんひよう》が記《しる》され、その所在が大陸の地図の上に光の点で示されている。

その光点のひとつが、プリシスの街の位置にある。

一か月前まで、その光点はロドーリルの王都付近にあったのだ。

それゆえ、リウイはヒュードの持つ剣が、ヴァンが鍛えたものだと推測している。

リウイは石盤を裏返し、一覧表を上から順番に目で追っていった。

そして、その視線は、ある行でぴたりと止まる。

「おそらく、こいつだな……」

リウイは、そこを指差した。

その場にいる全員が、転生竜《てんせいりゅう》のクリシュまでもがつられて石盤を覗《のぞ》きこんだが、上位古《ハイ・エン》代語《シェント》を理解できるのは、アイラしかいない。

「見えざる鎖《くさり》を断ち切りし邪剣《じゃけん》〝イレーサー〟……」

アイラが声に出して、読みあげる。

「こいつが、おそらくヒュードが持っていた剣だ」

リウイはそう断言した。

「魔法的な強制力というのが、おそらく〝見えざる鎖〟なんだ」

「なんとなくだけど理解できる……」

ミレルが、うなずく。

「その剣で斬られたわけだから……つまり、アイラとの婚約《こんやく》も破棄《はき》されたってことよね！」

黒髪《くろかみ》の少女は表情を輝《かがや》かせて言うと、自分の言葉に、うんうんとうなずく。

「わたしたちの婚約は、魔法的な強制じゃないでしょ！」

アイラがミレルを睨《にら》みつける。

「呪《のろ》いみたいなもんじゃない！」

ミレルもアイラと鼻《はな》を突《つ》き合わさんばかりに身を乗り出し、言い返す。

「ふたりとも、やめてくれ。また熱がでそうだ」

リウイがうんざりとした表情で、ふたりを分けた。

「とにかく、ジューネ女王の故郷の村に向かうぜ。ヒュードが言った指輪とやらが、どんなものかは知らないがな……」

そして、リウイたちは猟師小屋をあとに、街道《かいどう》を北へと向かった。

命令を中立化されたセンチネルは、アイラが瞬間移動《テレポート》の呪文《じゅもん》を唱《とな》えて、オランへと帰す。

そして六日の旅で、目的の場所へと到着《とうちゃく》した。

3

ジューネの故郷の村の名は、パオリーニと言った。

谷間の狭《せま》い平地にあり、人口は五千人ほど。

ジューネは、ここの領主《りょうしゅ》の娘《むすめ》だったのである。そしてヒュードは領主に仕える騎士《きし》見習いだった。

ティカはクリシュとともに先回りし、村の近くの森に身を潜《ひそ》ませている。

リウイたちは堂々と街道を通ってやってきた。

途中《とちゅう》、関所《せきしょ》がいくつかあったが、ジューネ女王の署名《しょめい》の入った通行書《つうこうしょ》を持参《じさん》していたので、問題なく通ることができた。

リウイはジューネ女王の署名が入った白紙の書状《しょじょう》を数枚、預《あず》かっており、それを流用したのである。それほど、重用されていたということだ。

ただし、交易商人ルーイの名は知れ渡《わた》っているから、ふたたび身分《みぶん》を偽《いつわ》る必要はあった。

いにしえのマーファ神殿《しんでん》へ巡礼《じゅんれい》に来た結婚を間近にひかえたプリシスの富豪《ふごう》の令嬢《れいじょう》とその一行だと名乗る。

メリッサが令嬢で、リウイとジーニが護衛《ごえい》、アイラとミレルが侍女《じじょ》に扮《ふん》した。

ロドーリル王国は、貴族制《きぞくせい》をしいておらず、ジューネ女王を絶対君主《ぜったいくんしゅ》としている。それゆえ、ロドーリルの国土はすべて王国の直轄地《ちょっかつち》だ。

パオリーニの村にも領主はおらず、治安維持《ちあんいじ》のため十人隊が一隊、駐留《ちゅうりゅう》しているだけで、村長が住人をまとめている。ジューネ女王の生地ということもあり、徴税《ちょうぜい》は免除《めんじょ》されているのだそうだ。

リウイたちは十人隊長の許可《きょか》を得《え》てから、村に一軒《いっけん》だけある宿屋に宿泊《しゅくはく》することにする。十人隊長はじめロドーリルの兵士たちが、怪《あや》しむ様子はなかった。ジューネ女王の寵愛《ちょうあい》を得たエレミアの交易商の噂《うわさ》さえも、この辺境《へんきょう》の村には届いていないのだろう。

プリシスやバイカルとの戦争もこの村には無縁《むえん》らしく、人々は実に平和そうに見えた。大部屋をひとつ借り、荷物を下ろすとさっそく行動を開始する。冒険者《ぼうけんしゃ》の常道は、なにより情報収集《じょうほうしゅうしゅう》だ。

分かっていることは、いにしえのマーファ神殿がこの村にあることぐらい。そこに、ヒュードが言った指輪があるはずなのだ。

それをはめると、数十年ものあいだ止まっていた女王の時間が動きはじめるという。もっとも女王に呪いをかけた当人の言葉である。なにか罠《わな》があるのかもしれない。

だが、リウイの直感はそれを否定《ひてい》していた。

理性的《りせいてき》に考えて、ヒュードが自分たちを罠にかける理由がない。

わざわざ単独行動《たんどくこうどう》を取って、リウイたちを誘《さそ》いだしたのは、彼のほうなのだ。

呪いを解かせたくないのなら、罠にかけるまでもなく、ただ沈黙《ちんもく》していればよかったのである。

しかし、なぜ、リウイに呪いを解かせようとしているのかは分からない。なにか理由があるのかもしれないし、なにもないかもしれない。

鮮血《せんけつ》の将軍の意図《いと》は、あいかわらず見えてこない。彼が正気なのか、狂気《きょうき》に冒《おか》されているのかさえ分からなくなってきているのだ。

さほど危険はないと思われたので、別れて行動をとることにする。

まず、リウイは宿屋の酒場《さかば》に居座《いすわ》ると、猛然《もうぜん》と酒を飲みはじめた。

しばらく飲んでいると、彼の底《そこ》なしぶりが伝わったらしく、村の酒豪自慢《しゅごうじまん》の男たちが次々と姿を現した。

リウイは上機嫌《じょうきげん》で彼らにも酒を振《ふ》る舞《ま》い、飲み比べを挑《いど》まれたら喜んで応じる。

そして酔《よ》ったふりをしながら、村人たちに世間話を向けていった。あとは、必要な情報が入ってくるように、話題を誘導《ゆうどう》するだけである。

一方、メリッサは十人隊長が駐留している屋敷《やしき》を訪問していた。ミレルとアイラがそれに同行している。

その屋敷は、実はジューネの生家なのだという。

メリッサとアイラは、ロドーリルの兵士たちにプリシスの街の現状《げんじょう》を語って聞かせた。

無論《むろん》、彼らの機嫌がよくなるような話題を選ぶ。

当初、反抗的《はんこうてき》だったロドーリルの民衆も、今では女王ジューネに忠誠《ちゅうせい》を誓《ちか》うようになり、街は確実に復興《ふっこう》しつつあること。抵抗《ていこう》を続けているロドーリル貴族の残党《ざんとう》も、鮮血の将軍が間もなく駆逐《くちく》するだろうということなどだ。

逆に、ふたりはロドーリル王国で、どのような統治が行われているかを聞きだしていった。そのあいだに、ミレルは何食わぬ顔で屋敷のなかを調べてまわる。

そして最後にジーニは単独《たんどく》で行動した。村の周囲を歩いてまわり、土地勘《とちかん》をつけてゆく。また、いにしえのマーファ神殿の下見も行う。先行していたティカとも連絡《れんらく》を取り、彼女とクリシュが上空から偵察《ていさつ》して得《え》た情報も聞きだした。

夜になって、酔いつぶれたふりをして、リウイが部屋にもどると、四人の仲間たちは、それぞれ外出先から帰ってきていた——

「お酒臭《くさ》い……」

アイラがそう言って顔をしかめる。

彼女は酒場に行くと、大きな酒杯《ジョッキ》いっぱいに水をいれてもらう。

「さすがに、酔ったな」

リウイは苦笑《くしょう》をもらすと、アイラから酒杯《ジョッキ》を受け取り、水をがぶのみした。

三分の一ほど残すと、それを頭にかける。

それを見たメリッサが呆《あき》れたように差し出した手ぬぐいで顔をごしごしと拭《ふ》いた。

「さて情報交換《こうかん》とゆこうぜ……」

リウイはそう言うと、仲間たちを見回した。

「いにしえの神殿だが、西の山のなかにあった……」

まず、ジーニが答えた。

「崖《がけ》に接《せっ》するように、小さな祠《ほこら》があるだけだが、その奥《おく》には洞窟《どうくつ》が続いている。祭壇《さいだん》があるのは、どうやら、そのなかのようだ……」

「古代王国時代、神々を信仰《しんこう》することは禁じられた時期もあったからな。その名残《なご》りかもしれないな」

リウイがうなずく。

古代王国の支配者階級《しはいしゃかいきゅう》であった魔術師《まじゅつし》たちは、自らを神々すら超《こ》えた存在であると考えたのだ。また、六大神をはじめとする教団《きょうだん》が、蛮族《ばんぞく》たちの結束《けっそく》を強めることにも警戒感《けいかいかん》を抱《いだ》いていた。

だが、魔術師たちのあいだでも、神々を信仰している者は、実は少なくなかったのである。大陸の各地に隠《かく》し神殿が建《た》てられ、魔術師たちもこっそりと参拝《さんぱい》していたのだという。村の近郊《きんこう》にあるいにしえのマーファ神殿も、そんな隠し神殿のひとつなのだろう。

「その、いにしえのマーファ神殿なのですが……」

メリッサが遠慮《えんりょ》がちに話を受け継《つ》いだ。

「結婚《けっこん》の守護神ということもあり、そこで式をあげる若い男女も少なくなかったのだそうです。そしてひとつの伝説《でんせつ》が、この村には残《のこ》っているとのことで……」

そしてメリッサはその伝説を語ってゆく。

「それは古代王国時代の話です。ひとりの少年が、年上の女性に恋《こい》をしたというものです。少年は女性に大人になるまで待ってほしいと告白し、女性はそれに応《こた》えました。そしてふたりはこの神殿を訪《おとず》れ、幸せに結ばれたのだそうです……」

「オレも、村人からその伝説は聞いたが、できすぎた話だという気がしたな。そういう類の言い伝えは、どこにでもありそうだし……」

リウイが苦笑をもらす。

自分たちがこの神殿にやってきたのは、その伝説にあやかるためではないか、と何度となく聞かれた。

リウイはただの護衛だから、そういう事情は知らないと村人たちには答えておいた。

「わたしも、そう思ったのだけどね……」

そう言ったのは、アイラだった。

「だけど、騎士《きし》見習いだった少年が、年上の領主の娘《むすめ》に恋をしていたとしたら、どうかしら？」

「ヒュードとジューネのことか？」

リウイは、はっとなる。

考えてみれば、ごく自然なことだ。

ジューネほど魅力的《みりょくてき》な女性と一緒《いっしょ》に暮《く》らしていたのだ。少年だったヒュードも、間違《まちが》いなく憧《あこが》れを抱《いだ》いたことだろう。

「彼こそが伝説にあやかりたいと、思っただろうな……」

リウイは、ぽつりと言った。

「そしてジューネ女王の時間は、止まっているわけよ。これは、ちょっと気にならない？」

　アイラが指摘《してき》する。

「確かにな……」

　リウイはうなずくしかなかった。

「屋敷はざっと調べたんだけど、ジューネやヒュードが暮らしていた頃《ころ》の物は、ほとんど残ってなかったわ。ただ、ヒュードが騎士見習い時代に使っていたという剣《けん》だけは、保管《ほかん》してあったわ……」

　ミレルがそう報告する。

　その剣はまるで宝物のように、大切に屋敷に飾《かざ》られていた。

「ジューネが父親のもとに呼ばれたのは、政略結婚《せいりゃくけっこん》のためでしょ？　その後の混乱《こんらん》もある程度、予測《よそく》できたわけだし、使い慣《な》れた剣を置いてゆくというのは、どう考えても不自然なのよ」

「代わりとなるものを見つけないかぎりは、な……」

　リウイは感心した。

　そして代わりとなったとすれば、あの赤き刃《やいば》の剣《つるぎ》としか考えられない。

「よく気がついたな」

リウイは笑顔《えがお》になる。

普通《ふつう》なら、何の疑問も抱かないところだ。ミレルの鋭《するど》い観察力《かんさつりょく》と洞察力《どうさつりょく》があればこそだろう。

「ジューネの父親は、この村に帰ってくることは、ほとんどなかったらしい……」

リウイがつぶやくように言う。

「王都で権力闘争《とうそう》に明け暮れていたからだそうだ。そのためには、資金がいる。当時、この村の人々はひどい搾取《さくしゅ》を受けていたらしい。だが、村人たちは、ジューネのことは決して憎《にく》んでいなかった。彼女は誰《だれ》の目にも分かるほど慎《つつ》ましい暮らしをしていたし、村人たちの苦しみも本当に理解していたからだそうだ……」

「彼女は本当に誰からも愛されていたようですね。彼女の父親は、そんな娘を政治の道具に使ったわけですが……」

メリッサはそう言うと、不本意《ふほんい》ですわ、と小声で続けた。

彼女も父親から政略結婚を強《し》いられそうになり、戦神マイリーの啓示《けいじ》を受け、家出をしたという過去《かこ》をもつ。

だが、ジューネは逃《に》げようとはしなかった。父親の言うがままに行動し、気がつけば、ロドーリルの女王となっていたのである。

「いったい過去に何があったのか、分からないことはまだまだ多い。だが、それを考えるより、行動したほうが手っ取り早いという気がする。明日にでも、いにしえのマーファ神《しん》殿《でん》とやらに行ってみようぜ」

リウイはそう言うなり、そのままごろりと床《ゆか》に転がる。

そしてすぐに寝息《ねいき》をたてはじめた。

アイラがため息をつきながら、寝台《ベッド》から毛布《もうふ》を取り、大きな身体《からだ》にかける。

「指輪をはめれば、止まった時間が動きだす、か……」

アイラはリウイの寝顔を見つめながら、ひとりごとをもらした。

鮮血《せんけつ》の将軍は、そう言ったという。

アイラはそのとき、気を失っていたので聞いてはいないが、それが意味するところを思うと、心が揺《ゆ》れ動くのだ。

彼女は懐《ふところ》から、洋燈《ランプ》の精霊《せいれい》シャザーラが封印《ふういん》されている魔法の指輪を取り出した。

アイラもかつて、その指輪のなかに閉《と》じこめられていたことがある。

そして、それはリウイから婚約指輪として贈《おく》られたものなのだ。

「結婚の守護神である大地母神《だいちぼしん》のいにしえの神殿。そして、それにまつわる伝説……」

考えれば考えるほど、不安は大きくなるばかりだ。

（もしも、あなたが伝説の再現《さいげん》を期待されているのだとしたら……）
アイラはリウイの寝顔に向かって、心のなかで呼びかける。
（あなたはいったい、どんな答えをだすのかしら？）

4

日が変わり、リウイたちは、いにしえのマーファ神殿へ向かって出発した。
ジーニが先導《せんどう》し、現地でティカとクリシュと合流する。
もっとも、ティカとクリシュは、祠《ほこら》で見張りに立つだけで、洞窟《どうくつ》のなかには入らない。
というより、入れないのだ。
洞窟はそれほど狭《せま》い。
その狭い洞窟を、リウイたちは一列になって進んでゆく。
魔法《まほう》で明かりを灯《とも》し、足下《あしもと》と頭上に注意を払《はら》わなければならなかった。
しばらく行くと洞窟は行きどまっていた。
そこには鉄《てつ》の扉《とびら》があり、閂《かんぬき》がかけられ施錠《せじょう》もされていた。
自分の出番とばかり、ミレルが進みでてゆく。そしてあっという間に、鍵《かぎ》を外した。
「ちょろいもんだわ」

ミレルが得意そうに言うと、アイラをちらりと見る。

「魔法を使えば、もっと簡単に開いたのよ。でも、それだとあなたの出番がなくなるかもしれないでしょ？」

アイラはそう言うと、口に手を当てて笑った。

「先へ行くぞ」

睨《にら》みあいをはじめたふたりに声をかけ、リウイは閂を抜《ぬ》き、扉を押《お》し開いた。

すると、そこには自然の洞窟ではなく、壁《かべ》や天井《てんじょう》が煉瓦《れんが》や漆喰《しっくい》でかためられた通路になっていた。

神殿というより、まるでどこかの地下牢《ちかろう》という雰囲気《ふんいき》である。

「こういうところに潜《もぐ》っていると、冒険者《ぼうけんしゃ》って気がするよね」

ミレルが楽しそうに言った。

「そうだな。だが、罠《わな》や怪物《モンスター》はなさそうだ……」

リウイが壁の具合を確かめながら、黒髪《くろかみ》の少女に答えた。

そして先頭に立って歩きはじめる。

洞窟を歩いていたときより、いくらか広くはなったものの、ふたり並んで歩くには窮屈《きゅうくつ》で、天井も長身のリウイには、頭がつかえそうだった。

だが、しばらく行くと、大きな部屋へ、とでた。

部屋は行き止まりらしく、扉はない。いちばん奥《おく》は祭壇《さいだん》となっており、粗《あら》く彫《ほ》っただけのマーファの神像が立っていた。

その手前に、石でできた台座《だいざ》のようなものがある。

「さあ、指輪はどこだ？」

リウイはひとりごとをもらしながら、その石の台座に向かっていった。

他《ほか》に探せる場所もないからである。

リウイは台座を覗《のぞ》きこみ、そこに上位古代語《ハイ・エンシエント》の文字が彫られていることに気づいた。

そして――

台座の手前に、ふたつの窪《くぼ》みがある。そのうちのひとつに黄金で輝《かがや》く指輪がはめこまれていた。

「これか……」

リウイがつぶやく。

本当に、何事もなかったので、拍子抜《ひょうしぬ》けした気分だった。

「さて、と……」

いくらリウイでも、指輪をいきなり台座から取り出したりはしない。

まずは台座に記《しる》された文字を読み、指輪の魔力を判別《はんべつ》せねばならない。

リウイは指輪の目利《めき》きは、魔法の宝物の専門家《せんもんか》であるアイラにまかせることにする。

そして自らは台座に記された文字の読解《どっかい》を試《こころ》みる。

下位古代語《ロー・エンシェント》であり、さほど難解《なんかい》ではなかった。しかし一行ずつ、完全に意味が理解できるまで慎重《しんちょう》に読んでゆく。

「なんて書いてあるの？」

ミレルが台座を覗きこんでみたが、彼女には無論、その文字は理解できない。

「どうやら、これは例の伝説に関係しているようだ……」

リウイは答えた。

「伝説にでてくる男女が、結婚式《けっこんしき》をあげたとき、宣誓《せんせい》した言葉のようだ……」

男は女が待ってくれていたことに感謝《かんしゃ》し、女は無事、時が来たことを喜んでいた。

そしてふたりにとって、婚約指輪とも言える一対《つい》の指輪を奉納《ほうのう》すると、締《し》めくくられている。

リウイは台座に記された内容を要約《ようやく》して仲間たちに伝えた。

それから、台座にはまっている指輪を食い入るように見つめているアイラの背中を軽く叩《たた》いた。

「どう見える？」

「どうもこうも、文字に記されているとおりよ」

アイラの答えに、リウイは顔をしかめる。

「で、魔力は？」

魔法の指輪を婚約指輪としてアイラに贈《おく》ったことは、忘れたわけではない。

「もちろん、魔法の指輪よ。ざっと見ただけでも、かなり強烈《きょうれつ》な魔力が備わっているわ」

アイラはそう言うと、慎重《しんちょう》に指輪に手をのばした。

「大丈夫《だいじょうぶ》か？」

リウイは不安そうに訊《たず》ねる。

「どうか分からないけど、こうしないと鑑定《かんてい》のしようがないもの」

アイラはそう答えると、台座から指輪を抜き取った。

そして手のひらに載《の》せ、顔を近づけてゆく。

すぐに、あっという表情になる。

「どうかしたのか？」

リウイがあわてて訊ねた。

「この魔法の指輪……」

アイラは呆然《ぼうぜん》と顔をあげ、リウイを見つめた。

「魔法王の鍛冶師《かじし》ヴァンが作った物だわ……」

「なんだって？」

リウイは驚《おどろ》きの声をあげる。

魔法の指輪であるのは、予想《よそう》していたが、まさかヴァンが作ったものとは思いもしなかったのだ。

「だが、一覧を記した石盤《せきばん》には、指輪のことなど書いていなかったぜ」

「あの一覧は、武器だけを記したものなんじゃないかしら。あるいは、指輪のような小物は、作っても一覧に載せる価値がないとでも思っているかよ」

アイラは答え、ため息をついた。

「それにしても、どうしてヴァンが婚約指輪なんか作ったんだろ？」

リウイは首をかしげた。

「さあね……」

アイラは言いながら、魔法の眼鏡《めがね》に手をかけて、指輪を眺《なが》めまわす。魔法の指輪とはいえ、指にはめないかぎり、発動する心配はない。

そして彼女は気がついた。

指輪には魔力を付与《ふよ》したヴァンの名前だけではなく、伝説で謳《うた》われる男女のものと思《おぼ》しき名前も記されていたのである。

「ヴィニエから……クライフへ……」

アイラはその名を読み上げる。

「ヴィニエという名前は、どこかで聞いたことがあるんだけど……」

アイラは片手《かたて》で頭を押《お》さえ、必死になって記憶《きおく》をたどってみる。

そして彼女の横から、魔法の指輪を眺めていたリウイも、ひとつ思いだすことがあった。

「その指輪と同じものを、ジューネ女王ははめていた！」

つい大声になった。

「ジューネ女王が？」

その場にいた女性たちは思わず、顔を見合わせた。

「つまり、その指輪をはめるってことは、リウイとロドーリルの女王が婚約するということ？」

ミレルが眉《まゆ》をつりあげる。

「そうなりますわね……」

メリッサが困惑《こんわく》しながら言った。

「鮮血《せんけつ》の将軍の野郎《やろう》……」

ミレルが久しぶりに裏街言葉《スラング》で毒《どく》づく。

「はめたら駄目《だめ》だよ。いくら、ジューネ女王の時間を動かすためでも！」

ミレルがもとからつぶらな目をいっぱいに開きながら、リウイに訴《うった》える。

「そうだな……」

リウイは曖昧《あいまい》に答え、なおも思案を続けているアイラを見つめる。

「思い出したわ！」

アイラは興奮《こうふん》した声をあげる。

「やったな！　で、誰《だれ》なんだ？」

リウイが勢《いきお》いこんで訊ねる。

「ヴィニエ・ブラン・ル・ヴァルのことだわ……」

「ル・ヴァルだって？」

リウイもその名前は覚えていた。

ヴァンという名は魔法《まほう》の宝物に銘《めい》を入れるときに用いるもので、本名はヴァリンド・ガークというのだ。そして家名はル・ヴァルである。

「ヴィニエは、たしかヴァンのひとり娘《むすめ》の名前だったはずよ」

　アイラがわずかに声を震《ふる》わせる。

「言われてみれば……」

　リウイもうなずく。

　魔法王《ファーラム》の鍛冶師については、オランの魔術師ギルドが総力《そうりょく》をあげて調査をしている。その報告書《ほうこくしょ》のなかには、ヴァンの家系図もあったのだ。

「娘のために、婚約《こんやく》指輪を作ってやったということか？　普通《ふつう》の人間らしいところもあったんだな」

　ヴァンという人物は、知れば知るほど、歪《ゆが》んだ性格をしているように思えてならなかったのだ。だが、娘に対しては、ただの父親だったということだろう。

「娘が年下の少年と恋《こい》に落ちた。その恋をかなえるため、ヴァンは一対の婚約指輪を作った。そしてふたりはめでたくこの場所で結婚式をあげた……」

　リウイは自らに言い聞かせるように声に出してみる。

「そして、もうひとつの指輪をはめているジューネの時間は止まりつづけている……」

「ヴァンは相手の少年が大人になるまで、娘の時間を止めたのでしょうね」

　アイラが吐息《といき》まじりのかすれた声で言った。

「大人になった少年が、こちらの指輪をはめたとき、娘の時間は動きだしたわけですね」

メリッサが納得《なっとく》したというように大きくうなずく。

「たぶん、そういうことなんだろうな……」

リウイも相槌《あいづち》をうった。

「だが、それではすべてを説明できないんだ」

「どういうこと？」

リウイの言葉に、ミレルが不思議そうに訊ねる。

「鮮血の将軍だよ。少年だった頃《ころ》のあいつは、おそらくジューネに憧《あこが》れていたはずだ。そして村に残《のこ》る伝説そのままを、ジューネに望んだに違《ちが》いない……」

だから、ジューネは魔法の指輪をはめたわけだし、時間が止まったまま今日にいたっている。

「だが、今のヒュードは、ジューネの時を追い越《こ》している。それでも、自らはジューネの時を動かそうとはしなかった。動かしたくないのなら分かるのだが、それなら、オレたちに指輪のことを教えるわけがない……」

「言われてみれば、そうね……」

ミレルがはっとなる。

「もうひとつ、何か足りない欠片《かけら》があるのかもしれないね……」

ミレルはつぶやくと、きょろきょろと周囲を見渡《みわた》す。

そして彼女の目は、正面にある大地母神《だいちぼしん》マーファの神像《しんぞう》で止まる。

「分かったかもしれない……」

そして彼女はふらふらと神像のほうへと歩いた。

静かに手を伸《の》ばし、神像の右手を確かめる。

「そういう……ことなんだ……」

ミレルはきれぎれにつぶやいた。

全員の視線が、彼女に集まる。

ミレルはゆっくりとリウイたちを振《ふ》り返った。

「足りていないのは剣《けん》なんだわ。鮮血の将軍が持っている赤い刃《やいば》の剣《つるぎ》……」

ミレルは呆然《ぼうぜん》とした表情でそう言った。

「この像は、きっと剣を持っていたのよ。魔法王の鍛冶師《かじし》ヴァンが鍛《きた》えた赤き刃の剣をね」

ミレルがリウイたちを振り返って、きっぱりとした口調で言う。

「同感だな」

リウイは女神《めがみ》像の右手を自らの目で確かめ、大きくうなずいた。

無論《むろん》、推測《すいそく》でしかないが、そう考えると、すべてがつながるのだ。

「古代王国時代、ひとりの少年が年上の女性に想《おも》いを寄せ、自分が大人になるまで待っていてほしいと告白した。そして、その女性、魔法王の鍛冶師ヴァンの娘はそれに応じた。そして父に作ってもらった魔法の指輪をはめ、自らの時間を止めたんだ」

その指輪を今、ロドーリルの女王ジューネがはめている。

それゆえ彼女の時間も止まっている。

ジューネがときおり見せた不思議な言動は、そのせいだったのだ。

それが彼女に神秘性《しんぴせい》を与《あた》えている。それゆえ、絶対的《ぜったいてき》な女王となりえた。

「少年が大人になったとき、この指輪をはめれば、娘がはめた指輪の魔力が効力を失う。つまり、止まったままの時が動きだしたんだろうな……」

そして少年と女性の愛は成就《じょうじゅ》し、パオリーニの村に伝承《でんしょう》として残った。

リウイはアイラが手にしている指輪をじっと見つめる。

指輪には『ヴィニエからクライフへ』という文字が刻《きざ》まれている。

ヴィニエというのがヴァンの娘の名であり、クライフはその相手だ。

「しかし、ジューネ女王の時は、今も動いていない……」

ジーニがリウイを見つめ、つぶやくように言った。

「鮮血《せんけつ》の将軍ヒュードが、この指輪をはめなかったからでしょうか？」

メリッサがリウイに訊《たず》ねる。

「いや、ヒュードは間違《まちが》いなく指輪をはめたはずだ。あいつはジューネ女王のことを愛しているからな」

リウイは首を横に振った。

鮮血の将軍は、得体《えたい》の知れない男ではあるが、それだけは間違いないという気がしている。

「でしたら、なぜ指輪の魔力は消えていないのでしょうか？」

メリッサは胸のまえで両手を組むと、戦神マイリーの名を唱《とな》えた。

「なにかが足りなかったんだと思うな。伝説のふたりと、ヒュードとジューネは、どこかが違っていた……」

リウイは、石の床《ゆか》にどっかりと座《すわ》りこむと、結婚の守護神《しゅごしん》とされる大地母神マーファの女神像を見つめる。

「たとえば、伝説のふたりは本当に愛しあっていたけど、ヒュードとジューネはそうではなかったとか？」

アイラが自らの肩《かた》を抱《だ》きながら、震える声で言った。

「あるいは、な……」

リウイは首を巡《めぐ》らし、アイラを見つめた。

ふたりの視線が一瞬《いっしゅん》、からみあう。

アイラは耐《た》えられないというように目を閉じると、左手の薬指にはめている魔法《まほう》の指輪を確かめる。

「あなたから贈《おく》られたこの指輪をはめたとき、わたしは指輪に囚《とら》われた。あなたのことを本当に愛していたから、指輪の魔力が発動した……」

アイラは何年ものあいだ、その指輪に閉じこめられることになった。

洋燈《ランプ》の精霊《せいれい》にして知識魔神《ナレッジデーモン》であるシャザーラを身代わりにすることで解放されてから、まだ半年と経《た》っていない。

シャザーラは、三つの願いをかなえたのち、自《みずか》らを呪縛《じゅばく》しているランプから解放《かいほう》されるはずだった。

リウイはその最後の願いとして、自分を最愛《さいあい》の者と認め、アイラが閉じこめられている指輪をはめるよう命じたのだ。

シャザーラはそれを果《は》たし、ランプの魔力からは解放された。

だが、今度は指輪の魔力に捕《つか》まり、閉じこめられてしまったのである。そしてアイラが代わりに解放された。

「ジューネの父親は、彼女に誰からも愛される女性であることを求めたんだと思う。彼の野心を満《み》たす王国の象徴《しょうちょう》としてな……」

ジューネが、愛してほしい、という言葉をいつも口にするのは、そういう理由からだと思う。

「ジューネは、父親の野心の道具として、政略結婚を強《し》いられた。だが、彼女自身には、本当に好きな男はいなかったのかもしれないな」

「当然ですわ。政略結婚に愛などありません。一緒《いっしょ》に暮らしてゆくうちに育《はぐく》まれることはあるかもしれませんが……」

メリッサが憤然《ふんぜん》として言った。

彼女自身、好きでもない相手と政略結婚をさせられそうになった。

それが我慢《がまん》できなくて、彼女は家を出て、戦神マイリーの神官となったのだ。

「少年だったヒュードのひたむきな想《おも》いを、ジューネは拒《こば》めなかったんじゃないかな？　だから指輪をはめた。しかし、それは本当の愛じゃない。だから大人になったあいつがこの指輪をはめても、ジューネの時は動くことはなかった……」

「もしも、そうだとしたら、やりきれない話ね……」

アイラがため息まじりに、数度、首を横に振る。

男と女は様々な芝居《しばい》を演じる。幸せな恋愛劇《れんあいげき》だけではなく、喜劇《きげき》もあれば悲劇《ひげき》もある。

(わたしは、どうなのかしらね?)

アイラは、そう自問《じもん》せずにはいられなかった。

目の前にいる男のことを好きになってしまったのが、ある意味《いみ》、不幸というべきなのだろう。

しかし収集家《コレクター》であるアイラにとって、代用のきく宝物など欲《ほ》しくはないのだ。どんな代価を払《はら》っても惜《お》しくない宝物こそ、彼女が本当に求めるものである。

アイラはリウイをちらりと見て、そしてミレルに視線を転じた。

小柄《こがら》な盗賊《とうぞく》の娘は、怒《おこ》ったような顔をしていた。彼女のなかでも、様々な想いが渦巻《うずま》いていることだろう。

「鮮血の将軍には、指輪をはめる資格《しかく》はなかった。だけど、あなたはジューネ女王のお気に入りだわ。時間と一緒に心も凍《こお》らせているなかで、あなただけには特別な好意《こうい》を抱《いだ》いていると、将軍は感じている。だから、あなたに真相を話し、ここのいにしえの神殿《しんでん》にやってこさせた……」

アイラはそう言うと、憮然《ぶぜん》とした顔で座《すわ》りこんだままでいるリウイの正面にまわり、身体《からだ》をかがませた。

それから、ヴァンが作った魔法の指輪をそっと差し出す。

「あなたなら、もしかしたら資格があるのかもしれないわ……」

アイラは魔法の眼鏡《めがね》をはずし、ぎこちなく微笑《ほほえ》んだ。

「どうする？　オーファンの王子？」

「あまり、いじめないでくれないか……」

リウイは呻《うめ》くように言うと、右手で髪《かみ》をかきむしった。

「今回の一件では、オレは本当に反省《はんせい》しているんだ。引き際《ぎわ》は何度もあったのに、そうしなかった。理由はいろいろあるが、いちばんはジューネ女王のもとを去《さ》りがたかったということだ。正直、オレは彼女に惹《ひ》かれている……」

リウイは懺悔《ざんげ》するように言うと、アイラから指輪を受け取った。

全員が息をのむ音が祭壇《さいだん》の間に響《ひび》く。

「しかし、オレはこの指輪をはめるつもりはない……」

リウイは静かに首を横に振った。

「それで、ジューネにかかった魔力が消えるとも思わないしな。たとえ消えるとしても、答えは同じだ」

リウイはきっぱりと言うと、ヴァンの作った魔法の指輪を懐《ふところ》に収める。

「どうしてって、聞いていいかな？」

アイラがかすれた声で訊ねた。

「オレには、今がいちばんだからさ。みんなとこうして一緒に旅をして、冒険《ぼうけん》をしているのが……」

リウイは不機嫌《ふきげん》な声でそう答えると、ぷいと顔を背《そむ》けた。

「あのときも、あなたは冒険者でいることを選んだわね。だから、わたしに指輪を贈《おく》ってくれた……」

アイラは寂《さび》しそうに笑う。

「そうだったな……」

リウイはうなずく。

「ああすれば、オレはジーニやメリッサやミレルと、もっと冒険を続けられると思った。だけど、アイラを利用したつもりはないぜ。一緒になれば、おまえも仲間にできると思ったんだ。後援者《こうえんしゃ》であり、依頼主《いらいぬし》であり、そして冒険談《だん》を語る相手として、な……」

そう言ってから、リウイは覚悟《かくご》を決めたように、アイラを見つめた。

「今、アイラもこうして一緒に旅をしてくれている。だから、最高なんだよ。答えになっていないかもしれないが、今はこれで勘弁《かんべん》してくれ……」

リウイはそう言うと、床《ゆか》にこすりつけんばかりに、頭を下げた。

「そうね、答えにはなっていないわね」

アイラはしかし、満足《まんぞく》そうな表情をしていた。

「それで、ジューネ女王のことは、どうするの？　まさか、このままオランに帰るつもりじゃないでしょうね」

「当然だ」

リウイは顔をあげると、力強くうなずいた。

「この指輪をヒュードの奴《やつ》に叩《たた》きつけてやらないと気が済《す》まないからな。そしてジューネ女王を〝見えざる鎖《くさり》〟から解放する。真相のすべてが分かったわけじゃないが、何をすればいいか、オレは完全に理解しているつもりだ」

リウイはそう言うと、ゆっくりと立ち上がった。

「村へもどるぞ。それから、プリシスの街にもう一度、向かう。すべてに決着をつけてやらないとな」

リウイは仲間たちに呼びかけた。

四人の女性が力強くうなずきかえす。

そしてリウイは荷物をまとめるため、パオリーニの村へともどった。

しかし、村では大変な騒《さわ》ぎが起《お》こっていたのである。

ロドーリルがミラルゴ、オランに対し、宣戦《せんせん》を布告《ふこく》したとの知らせがあり、志願兵《しがんへい》を募《ぼ》集《しゅう》していたのだ。

しかも、ヒュードが率《ひき》いるロドーリル軍は、すでに進軍《しんぐん》をはじめているらしい。

その情報を聞いて、リウイたちの顔から血の気が失《う》せた。

どう考えても間に合いそうにない。

ロドーリル軍とミラルゴ、オランの連合軍の衝突《しょうとつ》は、もはや避《さ》けようがないのだ――

5

鮮血《せんけつ》の将軍ヒュードが率いるロドーリルの軍勢は、プリシスの街から街道《かいどう》を南下し、東西へと分岐《ぶんき》する地点にまで侵攻《しんこう》した。

透明度《とうめいど》の高い水を湛《たた》えるミード湖の湖畔《こはん》である。

すぐ近くにあるミードの街は人口一万ほど、ミード伯爵家《はくしゃくけ》が治《おさ》めるオラン領《りょう》だ。

完全な侵略《しんりゃく》である。

ミラルゴ、オランが連合しつつある状況《じょうきょう》では、両者を分断するためにも、街道の分岐点を押《お》さえることが重要だと、鮮血の将軍は判断《はんだん》したのだ。

ヒュード将軍は大軍をもって、街道の分岐路に築《きず》かれていたミード砦《とりで》に攻《せ》めかかった。

オランはしかし、この事態に備《そな》えていた。砦には十分な食糧《しょくりょう》、物資《ぶっし》が蓄《たくわ》えられ、一千の騎《き》士《し》、兵士が守備をかためていたのである。

激しい攻防《こうぼう》が三日のあいだ続いたが、砦は陥落《かんらく》しなかった。

そこに東から〝双角《ツインタスク》〟ディーノが率いるミラルゴの派遣軍《はけんぐん》が、西からは皇太子《こうたいし》ランディーヌを将軍とするオランの騎士団が呼応《こおう》するように駆《か》けつけたのである。

砦の周囲に広がる平野を舞台《ぶたい》に、ロドーリル軍とミラルゴ、オランの連合軍とのあいだで激闘《げきとう》が繰《く》り広げられた。

ロドーリル軍は歩兵を中心に五千を超《こ》える兵力を擁《よう》し、士気も高かった。一方の連合軍は、砦に立て籠《こ》もる兵力を加えても四千に満たず、遠征《えんせい》の疲《つか》れもある。

だが、その主力は騎兵、騎士であり、平原での戦いでは有利《ゆうり》だった。しかも、砦の兵力を加え、三方からロドーリル軍に攻撃《こうげき》がしかけられる。

ロドーリル軍は連合軍の援軍《えんぐん》が来たことにより、砦の守備隊が門を開き、突撃《とつげき》をしかけてくることを期待した。

そのときには戦力を集中させて砦を奪《うば》い取り、城塞戦《じょうさいせん》に持ち込むこともできるからである。

先日、プリシスの残存勢力《ざんぞんせいりょく》を相手に戦ったときと同じ戦法である。

だが、その戦いの情報が伝わっていたものか、砦の守備隊《しゅびたい》は矢弾《やだま》を放ち、ロドーリル軍に後方から圧力《あつりょく》を加えるだけで、ついに城門《じょうもん》を開くことはなかった。

そのときを今か今かと待っていたロドーリル軍の期待は完全に裏切られた。

そして機動力《きどうりょく》に富《と》む連合軍に隊列を突《つ》き崩《くず》され、ロドーリルの歩兵はひとりまたひとりと討《う》ち取られていった。

それでも、女王ジュ一ネに命がけの忠誠《ちゅうせい》を誓《ちか》うロドーリル軍は簡単に退くことはなかった。

勝敗を決めたのは、夕刻間際《まぎわ》になってミラルゴ軍の将軍である〝双角《ツインタスク》〟ディーノが自らの部族、アッジ族の戦士のみを率い、ロドーリル軍の中央に漆黒《しっこく》の旋風《せんぷう》となって斬《き》り込んでいったことだった。

ディーノは、それまでアッジ族の戦士を後方に控《ひか》えさせ、十分に休ませていたのである。他の部族の戦士からは、不満の声があがっていたほどだったが、草原の〝双角《ツインタスク》〟はまったく意に介《かい》さなかった。

それだけに、ディーノとアッジ族の戦士たちの突撃は凄《すさ》まじいものだった。

二百騎ほどの戦力で、ロドーリル軍のまっただなかを駆け抜《ぬ》け、最後に残っていた士気を完全に打ち砕《くだ》いた。

ロドーリル軍はついに潰走《かいそう》し、本国に向かって散り散りに逃《に》げはじめた。

連合軍は追撃の手を緩《ゆる》めず、敗走する敵軍を容赦《ようしゃ》なく討ち取ってゆく。

そして三日後には、プリシスの街の南門まで到達《とうたつ》していたのである。

連合軍は、そこでようやく進軍を止め、陣地《じんち》を設営《せつえい》した。

プリシスの街を攻略するための準備が整《ととの》っていなかったからである。

そして十分な補給《ほきゅう》と攻城戦の用意をした後続隊は、その頃《ころ》にはすでにミード砦に到着していたのである——

6

「貴公《きこう》にしては、いささか不手際《ふてぎわ》だったな。ロドーリルの地に赴《おもむ》いたとの話を聞いていたから、もはや我らの出番はないとばかり思っていたのだが」

皮肉まじりに〝双角《ツインタスク》〟ディーノが声をかけてくる。

「面目《めんぼく》ない……」

リウイは頭を下げた。

ジューネ女王の故郷《こきょう》から急いで引き返し、オラン、ミラルゴ連合軍の陣営を彼は今、訪《たず》ねていた。

彼が案内された天幕《てんまく》には、ミラルゴの将軍ディーノとオランの皇太子ランディーヌのふたりだけしかいない。

警護《けいご》の者は天幕の外で見張りをしている。

途中《とちゅう》、ロドーリルの王都チェイスの街に立ち寄り、宰相《さいしょう》ミクーとひそかな話し合いをもっている。

ロドーリルの将来について、意見を交えたのだ。そして、いちおうの一致《いっち》を得《え》ている。

「言い訳にしかならないが、ヒュードという男を完全に見誤《みあやま》った。冷酷《れいこく》だが理性的な人間だと思っていたんだが、あいつは人知れず気が狂《くる》っていたんだ。大陸全土を征服《せいふく》するという妄想《もうそう》に支配されている」

正確に言えば、妄想に支配されているのは、女王ジューネである。

野心家であった父親が、それを望んでいたからだ。彼女の時間は魔法《まほう》の指輪の魔力によ
り止まっているゆえ、その妄想から解き放たれることはない。

そしてヒュードはそれを知りながら、いや、だからこそ、ジューネのために大陸を征服するつもりなのだ。

彼なりの愛だと思う。

とてつもなく、歪《ゆが》んだ愛というしかないが……

「できれば戦《いくさ》をせず、終わらせたかった。無駄《むだ》な血が流れることになって、本当に申し訳なく思う」

「いや、戦になったのは、王子の責任ではあるまい。事情《じじょう》はともかく、ジューネ女王に野心があるのは事実であり、それを実現させせんとする側近がいるかぎり、避《さ》けられないものであったろう。草原の民《たみ》と緊密《きんみつ》に連合できたのは、草原の王国における王子の働きがあればこそだ。おかげで、戦に勝利することができた」

オランの皇太子ランディーヌが穏《おだ》やかに言った。

「それはなによりです」

リウイは笑顔《えがお》でうなずいた。

「しかし、これ以上の戦は、無益というものでしょう」

「ほう？」

リウイの言葉に、ディーノがわずかに目を細めた。そしてその理由を問う。

「ロドーリルの民のジューネ女王に対する忠誠《ちゅうせい》は狂信的《きょうしんてき》なまでだ。ロドーリル領内に攻《せ》め入ると面倒《めんどう》なことになる……」

リウイはミラルゴの〝双角《ツインタスク》〟に簡潔《かんけつ》に答えた。

「戦が長引くのは避けられないということか」

ディーノは、面白《おもしろ》くなさそうに、ふんと鼻を鳴らす。

「しかし、ジューネ女王は今、プリシスの街にいる。彼女を捕《と》らえるなり、殺すなりすれば、簡単ではないのかな？」

「それも勧《すす》めない……」

リウイはゆっくりと首を横に振《ふ》る。

「ジューネを失えば、ロドーリルは確かに終わりだ。だが、それでは国は乱れ、周辺《しゅうへん》にも悪影響《あくえいきょう》を及《およ》ぼすことだろう」

「なるほどな……」

リウイの意見を聞き終えて、ランディーヌ皇太子が納得《なっとく》の表情でうなずく。

「それで、貴公はどうするのが最善《さいぜん》だと考えているのだ？」

ディーノが冷ややかに言った。

「ジューネ女王に、野心は捨《す》ててもらう。そのうえで、彼女にロドーリルの統治《とうち》を継続《けいぞく》させるんだ。そのほうが、この地方は安定するからな」

リウイは真剣《しんけん》な表情で言った。

「その言葉、女王の色香《いろか》に惑《まど》わされているのではないだろうな？」

「いくらか惑ってはいるけどな。だが、判断に狂いはないと思う」

リウイは答える。

「そのぐらいのほうが、信用できるというものだ」

ディーノは口の端《はし》をわずかにゆがめ、うなずいた。

そして、オランのランディーヌ皇太子《こうたいし》に向き直る。

「さて、どうしたものですかな？」

「ジューネ女王に、ロドーリルを継続して統治させるというのは、認めてもいいでしょう。しかし、プリシスはどうしますかな？　この街の統治までを認めてしまっては、ロドーリルの侵略《しんりやく》戦争を容認したことになるやもしれません。我らの勝利も、侵略を退けただけで、実が伴《ともな》わなくなりましょうし……」

「それでは、プリシスの支配権を賭《か》けて我らで一戦してみるというのはどうですかな？」

ディーノが豪快《ごうかい》に笑いながら言う。

無論、冗談《じようだん》だろうが、側《そば》で聞いているリウイがひやりとするような一言だった。

「草原の民の精強《せいきよう》さは、ミード砦《とりで》の戦で存分に見せていただきました。応じる気にはなれませんな。ただし、ミラルゴがプリシスの街を支配するというのも認《みと》めるわけにもゆきません……」

ランディーヌ皇太子も笑いながら、しかし、きっぱりとした口調で答えた。

「それでは、我らとしてもあきらめるしかありませんなぁ。肥《こ》えた羊《ひつじ》を連れ帰れば、誰が飼《か》うかで争いもおきかねませんからな」

ディーノがもう一度、笑う。

ミラルゴ王クーナは、そう判断しているし、ディーノもそれに異論《いろん》はない。

草原の民は、そういう気質なのだ。

「それでは、プリシスのことは、街の住民の判断《はんだん》にまかせるとしましょう。このままロドーリルの統治を認めるか、それともプリシス王家の再興《さいこう》を望むか……」

「そうする他《ほか》、ありませんな」

ディーノは大きくうなずいた。

そしてふたたびリウイに向きなおる。

「それで、ジューネ女王への使者は、貴公にまかせていいのだな?」

「もちろんだ」

リウイはもとよりそのつもりだった。今度の旅のすべてに自らの手で決着をつけなければ気が済まない。

「わかった。貴公が帰ってこなければ、我らはプリシスの街を攻めるが、それでいいな」

「良いも悪いもない」

リウイはディーノに答えた。

そのときには、自分の命はない。死んだあとのことまで、口をだすつもりはない。

「では、行ってくる」

リウイはミラルゴの将軍と、オラン皇太子に、深々と一礼すると、天幕を後にした。

7

リウイは仲間たちの反対を押《お》し切って、単身、固く閉《と》ざされたプリシスの城門前に立った。

「百人隊長ルーイだ！　ジューネ女王の密命《みつめい》により、王都へともどってきた。ミクー宰相《さいしょう》からの密書《みつしょ》もここに預かっている。そっこく城門を開けてくれ！」

リウイはミクー宰相にもらってきた密書を振りかざし、あらんかぎりの大声で叫《さけ》んだ。

「ルーイ殿《どの》……」

城門を守っていた兵士たちは、彼の顔を覚えていた。

つい先日まで、女王の側近《そっきん》中の側近だったのである。そして姿をくらましたのは、女王の密命を受けたからだとも噂《うわさ》されている。

門番たちは大慌《おおあわ》てで通用門を開き、リウイを街のなかへ招《まね》き入れた。

「よく、ご無事で……」

「オレはもともとエレミアの交易商だからな。ミラルゴ、オランにも顔は利《き》くんだ」

リウイは緊張した表情の門番に笑いかけると、あとはひとりで女王のもとに行くと言った。

そして宮殿《きゅうでん》を目指す。

女王ジューネはまだそこにいる。彼女がいなければ、街の住民はロドーリルに対し、もっと反抗的《はんこうてき》だったろう。

あるいは、この機をついて暴動《ぼうどう》を起こし、駐留《ちゅうりゅう》しているロドーリル軍を追いだしていたかもしれない。

だが、彼らは今の事態に戸惑《とまど》っている。ロドーリルはたしかに侵略者だが、城門の外に陣《じん》を敷《し》くミラルゴ、オランにしても他国には違《ちが》いないのである。

彼らにしてみれば、解放者ではなく、新たな征服者《せいふくしゃ》でしかないのだ。また生命や財産に危害が及ばないかと、不安なのである。

住民たちはそれぞれの家に閉じこもっているようで、通りを歩いているのは、ロドーリルの兵士ばかりであった。

リウイは宰相の署名《しょめい》がされた密書を通行手形がわりに見せながら、厳重《げんじゅう》に守られた宮殿の門をくぐった。

ミード砦での大敗で、ロドーリルの兵士たちは消沈《しょうちん》している様子だった。だが、女王を守るという決意に揺《ゆ》らぎはない。

もし城塞戦《じょうさいせん》となれば、ディーノの勇猛《ゆうもう》をもってしても、ランディーヌ皇太子の知謀《ちぼう》をもってしても、短期決戦で終わるとは思えない。

（なんとしてでも、これ以上の戦《いくさ》はやめさせないとな）

リウイは決意をあらたにした。

世界が滅《ほろ》びようというときに、人間どうしが争うなど無意味《むいみ》だ。

連合軍のふたりの将軍はなんとか説得できた。

だが、女王の心は時間とともに凍《こお》りついており、鮮血《せんけつ》の将軍の心は狂気に冒《おか》されている。

まともな方法では、ふたりを説得することはできない。

だが、リウイには策がある。危険きわまりないものではあるが、それ以外にロドーリルとジューネ女王を救う術《すべ》はない。

リウイは宮殿のなかを堂々と歩いた。

彼の姿を見て、誰《だれ》もが驚《おどろ》きはしたが、怪《あや》しんで呼び止めはしない。

そして彼は玉座《ぎょくざ》の間にやってきた。

そこには、ジューネとヒュード、それに近衛《このえ》隊《たい》の兵士や侍女《じじょ》たちがいる。

「ただいま、もどりました」

リウイは広間に入ると、大声で叫んだ。

そこにいる全員が、彼を振《ふ》り返る。

「おお、ルーイ……」

女王が表情を輝《かがや》かせる。

側にいたヒュードはわずかに目を細めただけ。

リウイの胸も再会できた喜びに躍《おど》る。

「お人払《ひとばら》いを願えませんか？」

リウイは玉座の前まで進みでると、そこで片膝《かたひざ》をつき、恭《うやうや》しく一礼してから言った。

「おまえがそう言うのであれば……」

ジューネは笑顔《えがお》でうなずく。

ヒュードも異論《いろん》は唱えなかった。

何を考えているかは、あいかわらず読みとれない。だが、リウイが帰ってくることを予期していたであろう。

ジューネの凍りついた時間と心をふたたび動かすことができる魔法《まほう》の指輪を持って……

ジューネが人々に退席するように命じ、玉座がある広間には三人だけが残った。

「パオリーニの村へ行ってきた……」

リウイはジューネではなく、ヒュードに向かってゆっくりとした口調で言った。

「そうか……」

ヒュードは関心なさそうに答える。

そう装《よそお》っているだけか、本気なのかの判断もつかない。

彼が狂気に冒されていることを、リウイは疑っていない。

宰相ミクーは、この鮮血の将軍の暗殺《あんさつ》を企《くわだ》てた。

だが、その陰謀《いんぼう》は失敗に終わり、かえってヒュードに弱みを握《にぎ》られてしまったのである。

そしてヒュードはプリシスの残党の掃討《そうとう》を終えるや、ミラルゴ、ロドーリルに宣戦《せんせん》を布《ふ》告《こく》し、進軍を開始したのである。

宰相ミクーをはじめ、これ以上の戦に異論がある者は大勢いたが、誰も止めることはできなかった。

ヒュードの手際《てぎわ》はそれほどに鮮《あざ》やかだった。狂ってはいるが、彼の知謀はおそらく昔から変わっていないのだろう。そして戦士としても、最強の部類に入る。

（惜《お》しい男だ……）

リウイは同情を覚える。

だが、彼の暴挙《ぼうきょ》を止めなければ、ロドーリルに未来はない。

リウイは、いにしえのマーファ神殿《しんでん》の祭壇《さいだん》の間から持ち帰った魔法の指輪を懐《ふところ》から取りだした。

それをジューネとヒュードに見せる。

「その指輪は？」

ジューネがわずかに首をかしげた。

その言葉にはっとなり、リウイはヒュードの表情を見る。

だが、鮮血の将軍は、いつもと同じだった。その表情から何を考えているかは読みとることはできない。

（この指輪を見ても、ジューネが驚かないというのはな……）

リウイは彼女の左の薬指にはまっているもうひとつの指輪に視線を向けた。

彼女の時間を止めている魔法の指輪である。

だが、それをはめるとき、彼女は特に強く意識することがなかったのだ。少年だったヒュードの想《おも》いは、真剣《しんけん》なものであっただろうが……

（哀《あわ》れな話だぜ）

ロドーリルの悲劇はそこから始まったと言える。

ジューネの心はそのときから凍りついたままなのだ。父親から刷《す》りこまれた現実離《ばな》れした野心を閉じこめて……

そしてロドーリルは大陸征服《せいふく》という妄想《もうそう》に突《つ》き進んでいる。

だが、その挫折《ざせつ》はもはやあきらかだ。

ミラルゴ、オラン連合軍に大敗し、主力は全滅《ぜんめつ》している。プリシスに駐留《ちゆうりゆう》している兵士は、わずかでしかない。

本国から新規徴募《しんきちようぼ》した兵士がやってくるかもしれないが、それは武器を扱《あつか》ったことさえない素人《しろうと》ばかりだ。

「パオリーニの村で過去に何があったか、だいたいのところは理解しているつもりだ」

リウイはヒュードに向かって言った。

「そんなことはどうでもいい。さっさとその指輪をはめればどうだ？」

ヒュードの声は静かだった。

「あいにくだが、オレにそのつもりはない。あんたの二の舞《まい》は、ごめんだからな。この指輪はあんたに返すために持ってきたんだ」

「それが、おまえの答えか？」

ヒュードの口がじわじわと横に広がってゆく。

「オレがこの指輪をはめたとしても、女王にかかった魔力が失われるとは思えないしな。だが、もし、オレがそうして、女王の時間が動きだしたとしたら、あんたはどうするつもりだったんだ？」

それは指輪をはめた相手のことを、女王が心から愛していることを意味している。たとえ、女王の時間と心が動きだしたとしても、その心が彼に向くことはないのである。

「さてな……」

ヒュードはわずかに肩《かた》をすくめた。

「女王の呪《のろ》いを解くには、資格のある者がこの指輪をはめるより、もっと簡単な方法があるんだぜ？」

リウイは言った。

「ほう？」

ヒュードの眉《まゆ》がぴくぴくと動く。

「あんたが持っている赤き刃《やいば》の剣《つるぎ》。それでジューネを斬《き》るんだ。軽く傷つける程度でも、剣の魔力は発動するはずだ。彼女がはめている指輪の魔力――〝見えざる鎖《くさり》〟はそれで断《た》ち切れる。それが、邪剣イレーサーの真の魔力だからな」

「そこまで、摑《つか》んだとはさすがだな。しかし、そのことにオレが気づいていないとでも思ったのか？」

ヒュードはそう言うと、くくっと不気味な笑いをもらした。

「知っていたのか？」

リウイはさすがに驚《おどろ》いた。

「おまえは女王を救《すく》いたくて、オレにこの指輪を取ってこさせたんじゃないのか？」

「なぜ、オレがそんなことをしなければならない」

ヒュードは、だらりと舌をだす。

心の底に秘められた狂気が、その全貌《ぜんぼう》を現しはじめているのかもしれない。

「先ほどの問いに答えてやろう。もしも、おまえがその指輪をはめ、もうひとつの指輪の魔力が解けたとしたら、オレはおまえと一緒《いっしょ》に女王を斬るつもりでいたのだよ」

「なるほどな……」

リウイはうなずいた。

この男になにを言っても無駄《むだ》なのは分かっている。だが、抑《おさ》えきれない怒《いか》りがふつふつとわきあがってくる。

我知らず、右の拳《こぶし》を握《にぎ》りしめていた。

「おまえが愛することを許されているのは、時間が止まったままのジューネだけだものな……」

「そのとおりだ、オーファンの王子。オレが愛しているのは指輪を贈《おく》ったときのまま永遠《えいえん》に変わることなきジューネなのだよ。オレが守りたいのは、今のままの彼女なのだ」

「女王の寵愛《ちょうあい》を受けて、おまえがなぜオレを憎《にく》まないのか、不思議だったんだが、やっと納得《なっとく》がいったぜ」

リウイは吐《は》き捨《す》てるように言う。

ヒュードは女王を救うつもりなどなかったのだ。

女王が心変わりしないことを確かめたかっただけなのである。そしてもしも心変わりをしたら、相手の男ともども女王を斬る。

心変わりしなかったら、男だけを斬ればいいだけのことだ。

(いずれにせよ、オレを生かして帰すつもりはないというわけだ)

リウイは心のなかでつぶやいた。

驚きはしたが、動揺《どうよう》はない。それぐらいの覚悟《かくご》がなくて、ここに来ることはない。

「最後の謎《なぞ》がやっと解けたぜ」

リウイは満足げにうなずいた。

「それはなによりだ……」

ヒュードがゆっくりと剣を抜《ぬ》きはじめる。

赤い刃をした魔法の剣である。魔法王《ファーラム》の鍛冶師《かじし》ヴァンが鍛《きた》えた〝見えざる鎖〟を断ち切る魔剣イレーサー。

リウイも腰《こし》に剣を下げていた。

生ける鎧《よろい》センチネルが持っている大剣《グレートソード》ではなく、昔から使っている普通《ふつう》の長剣《バスタードソード》だった。

「これで三度目だが、今度は覚悟《かくご》が違《ちが》うぜ……」

リウイは不敵《ふてき》な笑いを浮《う》かべると、自らも腰の剣を抜いた。

「オレはジューネを指輪の魔力から解放する。時間を止めるのは、今度は貴様のほうだぜ」

そう言うなり、リウイは鮮血《せんけつ》の将軍に斬りかかってゆく。

玉座の間に、金属が打ち合う音が、激しく響《ひび》いた——

第6章　時は動きはじめて……

1

巨大《きょだい》な城塞《じょうさい》が、遠くに聳《そび》え立つように見える。

城門は堅《かた》く閉《と》ざされ、城壁《じょうへき》には弓を持った兵士が巡回《じゅんかい》していた。

プリシスの街である。

四人の女性が不安そうな表情で、巨漢《きょかん》の魔法戦士《ルーン・ソルジャー》が姿を消した城門を見つめていた。

「リウイ、帰ってくるかな……」

ミレルはぽつりとつぶやく。

「知らないわ」

アイラがすねたように言って、首を横に振《ふ》る。

「どうして、ひとりで行っちゃうかな」

「不本意ですわね」

メリッサがうなずく。

「ロドーリル軍の真《ま》っ只中《ただなか》に行くんだ。わたしたちがついていったとしても、助けになるとは思えないからな」

ジーニが呪払《のろいばら》いの紋様《もんよう》を指でなぞりながら、ぼそりと言う。

だから、リウイは単身、プリシスの街へと入っていった。

ジューネ女王と謁見《えっけん》するためだ。

彼にはふたつの目的がある。

ひとつはミラルゴ、オラン両国と、ロドーリルとの停戦《ていせん》を成立させること。そしてもうひとつは、魔法《まほう》の指輪の魔力に囚《とら》われている女王を解放すること。

だが、そのためには、対《つい》となる指輪の魔力を発動させるか、鮮血の将軍ヒュードが持つ赤き刃《やいば》の剣《つるぎ》が必要となる。

そしてリウイにもうひとつの指輪をはめる意思はない。

「問題は鮮血の将軍がいったい何を考えているかだな……」

ジーニがひとりごとのようにつぶやく。

いかなる意図で、ヒュードが自分たちを故郷の村へ行かせたのか、図《はか》りかねているのだ。

「分かるわけないよ」

ミレルが毒づく。

ヒュードのことを狂人だと疑っていないからだ。

それだけに、どんなことが起こるか、不安でならないのだ。

「リウイが帰ってこなかったら、あたし、街に行くね……」

覚悟《かくご》の表情で言う。

冒険者《ぼうけんしゃ》ではなく、暗殺者としてだ。

無論、帰ってこられるとは思わないし、そのつもりもない。

「わたしは……オーファンにもどろうかな」

アイラが声を震《ふる》わせた。

「信じましょう。あの方は、いつも帰ってきたではありませんか？　もっとも危険な状況でこそ、あの方は真価《しんか》を発揮《はっき》するのですから……」

メリッサが微笑《ほほえ》みながら言って、アイラの肩《かた》を抱《かか》える。

アイラは魔法の眼鏡《めがね》をはずすと、メリッサの肩に頭を預《あず》ける。

「そうだな。こんなところでくたばるような男じゃない。あいつが戦うべき相手は、もっと遠くにいるんだから」

ジーニがうなずくと、ミレルを背後から抱《だ》きしめた。

「そうだよね……。帰ってくるよね……」

黒髪《くろかみ》の少女はつぶやくと、ジーニの腕《うで》に自らの手をからませる。

そしてつぶらな瞳《ひとみ》から涙《なみだ》を一筋《ひとすじ》、こぼした——

2

玉座が置かれた広間で、ふたりの男が激《はげ》しく剣《けん》を振るっている。

ひとりは鮮血《せんけつ》の将軍と恐《おそ》れられる近衛隊長《このえたいちょう》ヒュード。そしてもうひとりは剣の国オーファンの妾腹《バスタード》の王子にして、魔法戦士《ルーン・ソルジャー》のリウイだ。

玉座の側《そば》には、ひとりの女性が立っている。ロドーリルの女王ジューネであった。

彼女は右手を胸《むね》に当て、ふたりの男が戦う様を不安そうに見つめている。

なにかを言いたくてしかたないのだが、口を開いても言葉が出てこない。そんな様子を何回となく見せている。

(強い……)

数度、剣を合わせただけで、ヒュードが恐るべき戦士であることはリウイにも分かった。

この男には、これまでも二度、殺されかけている。

だが、一回めは不意《ふい》を突《つ》かれただけであり、二回めは身に着けていた鎧《よろい》がいきなり身体《からだ》

から外れるという予想外《よそうがい》の出来事《できごと》があった。

今回こそが真っ向勝負である。

ヒュードが素早《すばや》い動きと巧《たく》みな剣さばきで、斬《き》りかかってくる。

リウイはそれを間一髪《かんいっぱつ》のところでかわし、あるいは受け流す。受け損《そこ》ねて、刃を身体に受けることもあった。

だが、すべて浅手である。

(ぎりぎりの戦いだな……)

リウイは心がたかぶるのを覚えた。

ひとつでも間違《まちが》えば、命を失《うしな》うことになる。だが、この状況《じょうきょう》を楽しんでいる自分がいる。

いつも以上に頭が冴《さ》え、身体も動いている。

(普通《ふつう》じゃないよな……)

自分のことながら、思う。

防戦一方だったが、絶望感はない。

このまま耐《た》えていれば、かならず勝機《しょうき》はくると確信している。

剣の技量では劣《おと》っていても、体力では絶対に負けていないつもりだ。

ジーニを相手に、リウイは一日中でも剣の稽古《けいこ》を続けられる。

重い荷物を背負って、道なき山野を歩きまわることも日常だ。ときには、荷物のうえにアイラやミレルを乗せてやることさえある。

実父リジャールから受け継《つ》いだ強靭《きょうじん》な肉体には、感謝してもしきれない。

その実父から、リウイはオーファンにいたとき、剣の手ほどきも受けている。

リジャールは秘剣《ひけん》と称《しょう》する様々な剣の奥義《おうぎ》を知っており、そのいくつかを教えてくれた。もっとも、秘剣というより、裏技《うらわざ》というべきものばかりだったが……

だが、技量にさほど差がない場合、相手の虚《きょ》をついたり、油断させたり、焦《あせ》らせたりすることで、勝利を得《え》ることも多いという。

リジャールが最強を謳《うた》われる戦士だったのは、その剣の技量だけではないということだ。命を賭《と》しての戦いで、なにより大切なのは気合いである。

普段どおりの、いや普段以上の力を発揮してこそ、生き残ることができる。

肉体のみならず、そういう精神も、リウイは実父から受け継いでいるのだと思う。残念だが、剣の技量のほうは、足下《あしもと》にも及《およ》ばないが……

唸《うな》りをあげて、赤い刃が襲《おそ》いかかってくる。これまで斬り殺してきた数千もの血を吸い取ったかのような呪《のろ》わしい色だ。

その剣に、新たな血を吸《す》わせることを、鮮血の将軍は確信しているだろう。

たしかに、リウイは何か所も手傷を負っている。だが、動きはまったく鈍《にぶ》っていない。

むしろ、ヒュードの呼吸のほうがわずかながら乱れはじめている。

リウイはそれを見て取って、にやりとした。

「しぶといな。オーファンの王子……」

ヒュードがいったん間合いをとって、声をかけてくる。

「そうでないと、あんたに勝てないからな……」

リウイは答えた。

「その剣の腕《うで》、惜《お》しいと思うぜ。それに智謀《ちぼう》もな」

争乱のなか、危《あや》うい立場だったジューネを守りつづけることが、どれほど大変だったか分かる。

ジューネの神秘的な魅力《みりょく》があったとはいえ、ヒュードの助けがなければ、彼女がロドーリルの女王となることはなかっただろう。

「すべては、ジューネの望みをかなえるためだ。大陸を制覇《せいは》するという……」

「彼女自身がそれを望んでいることじゃないのは分かっているだろう」

彼女の時は止まっている。そのため、心も凍《こお》りついたままなのだ。

「呪いが解けたら、きっと考えを変える。彼女が本当は心優《やさ》しい女性だということは、誰《だれ》よりもおまえが知っているはずじゃないのか？」

「知っているよ。だが、オレが必要としているのは、鉄の女王なのだ……」

ヒュードはそう言うと、唇《くちびる》をゆがめて笑う。

「さて、再開しようか。十分に休ませてもらったからな」

「なるほど、そういうことか……」

リウイは鼻をならした。

話をするふりをして、ヒュードは息を整えていたということだ。

(喰《く》えない野郎《やろう》だぜ……)

リウイは舌打《したう》ちする。

「オレのほうはいつだっていいぜ。時間をかければ、また同じことになるだけだからな」

「させんよ。おまえの手の内は、すべて見切った」

そう言うなり、ヒュードは怒濤《どとう》の攻撃《こうげき》をしかけてきた。

「くっ！」

唸りをあげて赤い刃《やいば》が襲いかかってくる。

息もつかせぬ連続攻撃であった。

長期戦になると不利だと悟《さと》っての行動である。防御《ぼうぎょ》のことなど、まったく考えていない、ほとんど捨て身とも思える攻撃だった。

リウイは猛攻《もうこう》をしのぐので精一杯《せいいっぱい》で、反撃するどころではない。

必死に剣を操《あやつ》り、赤い刃を受け止め、あるいは受け流す。

だが、じりじりと後退し、壁際《かべぎわ》へと追い詰《つ》められた。

「まだまだ！」

リウイは気合の声をあげる。

だが、それは虚勢《きょせい》にしか聞こえなかったのだろう。

ヒュードは勝利を確信したかのように、ふたたび唇をゆがめる。

「オレの勝ちだ……」

死刑《しけい》の宣告《せんこく》をするように、ヒュードが言った。

しかし、そのとき……

「やめて！」

と、声が響《ひび》いた。

ジューネが叫《さけ》んだのだ。

ヒュードの動きが一瞬《いっしゅん》、止まる。

「やめて！　やめて！」

ジューネはそう繰《く》り返す。

先ほどから何度も口を開きかけて、出てこなかった言葉を、ようやく発することができたのだ。

止まっている時間を、凍りついた心をほんのわずかだけ動かしたのである。

「ジューネ……」

ヒュードが呆然《ぼうぜん》とつぶやく。

「どうする？　やめるかい？」

リウイが声をかける。

「まさかな」

ヒュードは答えた。

「そうかよ！」

リウイはそう叫ぶと、左足で壁を蹴《け》り、剣を突《つ》きだす。

呪われた島で出会った自由騎士《じゆうきし》が得意《とくい》としている必殺《ひっさつ》の突きだった。

リウイはその突きの鋭《するど》さを、まさに身をもって知っていた。

真似《まね》しようと練習してみたが、本物にはとても及ばなかった。

だが、今は壁を利用した反動で速さがましていた。

長剣の切っ先が、ヒュードの胸に向かって、まっすぐに伸《の》びてゆく。

ヒュードはしかし、寸前のところで、その突きを下から剣で払《はら》いのけた。

軌道《きどう》がずれ、肩《かた》のところをわずかに切り裂《さ》いただけで、剣が抜《ぬ》ける。

「残念《ざんねん》だったな」

ヒュードがあざ笑う。

「そうかな？」

リウイはにやりとした。

リウイとヒュードの身体《からだ》は、今やほとんど重ならんばかりである。

それは剣の間合いではなかった。

リウイは剣から両手を離《はな》す。

愛用の長剣が床《ゆか》に落ち、甲高《かんだか》い金属音をあげる。

「なんだと？」

ヒュードの眉《まゆ》がぴくりと動く。

「こういうことさ！」

リウイはヒュードの顎《あご》を狙《ねら》って、左の拳《こぶし》を突き上げるように放った。

意表をつかれたヒュードは、その拳をまともに受けた。

意識が一瞬、飛んだのか、鮮血《せんけつ》の将軍の身体がぐらりとなる。

そこに渾身《こんしん》の力を込めた右の拳をまっすぐに叩《たた》きこんだ。鼻柱を捕《と》らえる確かな感触《かんしょく》が伝わってくる。

ヒュードの身体が吹《ふ》き飛び、仰向《あおむ》けに床に倒《たお》れていった。

リウイはゆっくりと歩み寄ると、ぐったりとしているヒュードの手から、赤き刃《やいば》の剣《つるぎ》を奪《うば》った。

「オレの勝ちだぜ……」

リウイはその剣をヒュードの喉《のど》もとに突きつけ、呼びかける。

ヒュードは顔だけを起こし、リウイを見つめた。

「殺《ころ》せ……」

ヒュードはそう言ったきり、白目をむいて意識を失った。

「それはオレが決めることじゃないな」

リウイはヒュードに答えると、ジューネに向き直った。

ロドーリルの女王は涙《なみだ》を浮《う》かべながら、

「やめて……」

と、繰り返している。

「もう終わりました……」

リウイは静かに呼びかけた。

ひどい罪悪感《ざいあくかん》を覚える。

「申し訳ありませんが、しばらく目を閉じていただけませんか？」

リウイは恭《うやうや》しく呼びかけた。

「そなたが言うのなら……」

ジューネは答えると、目を閉じ、顔を伏《ふ》せた。

リウイは肌《はだ》があらわになった肩に赤き刃の剣を当てる。

そして、わずかに力を入れた。

刃がジューネの肌に浅《あさ》く食い込んでゆく。赤い血がじわりとにじんだ。

「あっ……」

ジューネが小さく声をあげた。

「あ……ああ……」

そして苦しそうに喘《あえ》ぎ、両手で頭を抱《かか》える。

「止まっていた時間が、動きはじめたのか？」

リウイはつぶやくと、じっと彼女の様子を見守る。

「ルーイ……」

ジューネは救いを求めるように、リウイに手を差し伸《の》べてきた。

リウイはその手をしっかりと握《にぎ》る。

「ジューネ女王……」

励《はげ》ましの声をかけつづけた。

そして——

「あ、ありがとう……ルーイ」

しばらくして。

ジューネが言葉を返してきた。

「もう……大丈夫《だいじょうぶ》よ。それより、わたしは、いったいどうして？」

「ヒュード将軍から贈《おく》られた指輪の魔力《まりょく》です……」

リウイは、指輪にまつわる伝承をすべてジューネに語っていった。

「ジューネ女王……この何十年かのこと、すべて覚えておられますか？」

リウイはためらいながら訊《たず》ねた。

「ええ……すべて、覚えています。この何十年、わたしがどのように生きてきたか……」

ジューネは答えると、涙を溢《あふ》れさせた。

「どう償《つぐな》えばいいというのでしょう。大勢の人の命が、わたしのために……」

ジューネはそうつぶやくと、手で顔を覆《おお》う。

「失われた命を償うことは、誰《だれ》にもできません……」

リウイは首を横に振《ふ》った。

「しかし、女王にはこれからのロドーリルを治《おさ》めてゆくことができます。命が無駄《むだ》に失われることのないように……」

「オランとミラルゴは、それを許しましょうか？」

ジューネが訊ねる。

「そのためにこそ、わたしがもどってまいりました。両国は停戦する用意があります。ただひとつの条件は、ロドーリルがすべての戦争をやめること」

「それこそが、わたしの望みです……」

ジューネは静かにうなずいた。

その答えに、リウイは心の底から安堵《あんど》した。

本当のジューネは、彼が想像したとおりの女性だった。それだけに、つらかろうと思う。

この二十年、彼女は父親の妄執《もうしゅう》と鮮血の将軍の狂気《きょうき》に支配されていたのだ。

しかし、ヴァンが鍛《きた》えた魔法の剣イレーサーの魔力によって、〝見えざる鎖《くさり》〟は断ち切られた。

止まっていた彼女の時間はふたたび刻《きざ》みはじめ、凍《こお》っていた心も動きはじめた。

これからの彼女はひとりで考え、行動することができる。

ロドーリルの女王として、彼女が為《な》さねばならないことは多い。

そのときであった。

リウイは、ふと背後に気配を感じた。

うなじがちりちりとする。

塊《かたまり》になってぶつかってきたかと思うほどの殺気《さっき》が襲《おそ》いかかってきた。

それが誰が放ったものか、リウイにはすぐにわかった。

「ヒュード！」

振り向きざま、持っていた剣《けん》を一閃《いっせん》させた。

背後に、リウイの長《バスタードソード》剣を上段に構えた鮮血の将軍がいた。

「おまえ……だったか……」

長《バスタードソード》剣を後ろに落とし、ヒュードは両手で腹《はら》を抱《かか》える。

リウイが振るった赤い刃の剣によって、腹部《ふくぶ》を真横に切り裂《さ》かれていた。

血があふれ、臓物《ぞうもつ》がはみだしている。

致命傷《ちめいしょう》であるのは、誰の目にも明らかだった。

「ヒュード！」

ジューネが悲鳴をあげた。

そして鮮血の将軍のもとに駆《か》け寄ってゆく。

「ジューネ様……」

ヒュードは、少年のような笑《え》みを浮かべ、ジューネを見つめる。

「おかえり……なさいませ……」

「ヒュード……」

ジューネはヒュードを抱《だ》きかかえると、とめどなく涙を流した。

「おまえほどの男なら、殺気など感じさせることなく、オレを斬《き》ることができただろうに？」

リウイが憮然《ぶぜん》とした顔で言う。

「意識が朦朧《もうろう》としていたのだよ……。おまえの拳《こぶし》のせいでな……」

ヒュードが自嘲《じちょう》ぎみに笑う。

「痛みのおかげで目が覚めたが、もう手遅《ておく》れだな……」

「しっかりして、ヒュード」

ジューネは哀願《あいがん》するように言った。

「ジューネ様……これで、いいのです。わたしは鮮血の将軍として死ぬ。ロドーリルが犯《おか》した罪のすべてを背負って……」

ヒュードはジューネを見つめ、切れ切れに言った。

それから、リウイを振り返る。

「誰かが……わたしを止めると思っていた……。わたしの狂気を……。それが、おまえだったとは、な……」

「他《ほか》にも、やりようがあっただろうに」

リウイは憮然として言った。

「剣の秘密に思い至《いた》るのが……遅かったのだ……。後戻《あともど》りできないほどにな。そして、わたしからの指輪を受け取ってくれたジューネ様を失いたくなかった……。わたしのことを愛していないと、理解していても……」

「もう、しゃべるな。苦しみがますだけだぞ」

「わたしの首を……斬れ……。オーファンの王子……」

ヒュードは苦痛《くつう》に呻《うめ》きながら、リウイに言った。

「そうだな……」

リウイはうなずくと、ゆっくりと剣を構えた。

楽にさせてやらねばならないし、彼の首は、この戦《いくさ》を終わらせるためにも必要だった。

それが、ロドーリルの停戦《ていせん》の意思となるからである。

リウイは、涙を流しつづけるジューネを離《はな》れさせ、狙《ねら》いすまして赤い刃《やいば》の剣《つるぎ》を振るった。

異変を感じ、近衛《このえ》隊《たい》の兵士が、玉座の間に駆《か》け込んできたのは、すべてが終わった直後であった……

「どういうことだ？」

変わり果てたヒュードの姿を見つけて、彼らは気色《けしき》ばむ。

「将軍は、敗戦の責任をとられたのだ。女王様もお認《みと》めのことだ」

リウイは兵士たちに言う。

「ルーイの言うとおりです……」

ジューネが静かにうなずく。

「女王陛下《へいか》……」

兵士たちはそれ以上の言葉を失った。

彼らにとって、ジューネ女王の言葉は絶対なのである。

「オレはこれから、オラン、ミラルゴの野営地《やえいち》に赴《おもむ》く。戦はそれで終わりだ。おまえたちのこれからの仕事は、女王様を助け、ロドーリルを豊《ゆた》かにすることだ」

リウイはそう言うと、ヒュードの首を丁寧《ていねい》に布で包んだ。

そしてジューネに深々と一礼してから、謁見《えっけん》の間を去ろうとした。

「ルーイ……」

その背に、ジューネが呼びかける。

リウイは立ち止まったが、振《ふ》り返ることはなかった。

「そなたは、これからも、わたしを助けてくれますよね？」

「ジューネ女王……」

リウイはゆっくりと首を横に振った。

「わたしには、他に果《は》たさなければならない使命があります。ロドーリルにとどまることはできません……」

心のなかの迷《まよ》いを捨て去るためにも、リウイはきっぱりと言った。

「そう……ですか……」

ジューネはうなだれるようにうなずいた。

あるいは、その答えを予測していたのかもしれない。

（最低だよな……）

リウイは、自らを罵《ののし》らずにはおれなかった。

ヒュードが死に、ジューネが本当に信頼《しんらい》できる人間は、もはや誰もいない。

彼女は、救いを求めてきたのだ。

だが、それに応《こた》えることはできない。

彼女に言ったように、魔法王《ファーラム》の剣を探すという使命もある。だが、それだけが理由ではない。

（オレがいつも一緒《いっしょ》にいたいのは……）

そう心のなかでつぶやいた。

3

ヒュードの首を携《たずさ》えて、プリシスの街を出たリウイは、オラン、ミラルゴ連合軍の野営地へともどった。

そしてプリシスの宮殿《きゅうでん》であった一部始終を報告《ほうこく》したのである。

「……ロドーリルが周辺諸国にとっての脅威《きょうい》となることは、もはやありません。ジューネは平和を望んでいるし、宰相《さいしょう》ミクーは現実主義者です。そして強硬派《きょうこうは》も、中心人物であったヒュードを失い、戦争の継続《けいぞく》を断念せざるをえないでしょう」

「よくぞ、やりとげられたな」

オランの皇太子《こうたいし》ランディーヌが笑顔《えがお》で労《ねぎら》いの言葉をかけてくる。

「余計な手間を取ったものだな。悪名高い鮮血《せんけつ》の将軍を一騎《いっき》打ちで倒《たお》したというのは、貴公らしい武勲《ぶくん》だが……」

ミラルゴの将軍である〝双角《ツインタクス》〟ディーノが皮肉っぽく言った。

「本当に勝ったかどうかは、自信ないんだがな……」

リウイはひとりごとのようにつぶやく。

ヒュードの行動のどこまでが狂気でどこまでが計略《けいりやく》だったのか、最後の最後まで分からなかった。

とにかくも、鮮血の将軍は、鉄の女王とともに消えたのである。

ロドーリルを治めるのは、指輪の魔力から解き放たれたジューネだ。

だが、彼女は自由になれたわけではない。新たな鎖《くさり》に縛《しば》られただけなのかもしれない。

（結局、オレは、彼女を救うことができなかった……）

ひどい空虚感《くうきよかん》がある。

ロドーリルがもはや周辺諸国にとっての脅威となることはないだろう。

戦は終わり、無駄《むだ》な命が失われることはない。

政治的に言えば、満足のゆく決着をみたといってよい。だが、リウイには何の達成感もなかった。

リウイは何度もため息をつきながら、仲間たちが待つ天幕へともどった——

「あ、帰ってきた……」

リウイの姿を見て、ミレルが呆《ほう》けたような顔で言った。

「ただいま……」

リウイは力のない笑《え》みを浮《う》かべる。

「あらあら、鮮血の将軍に殺されたか、鉄の女王のもとに残るかと思ったけど」

アイラが魔《ま》法《ほう》の眼《め》鏡《がね》に手をかけながら、冷たく言う。

「実際、ヒュードには殺されかけたし、ジューネ女王には残ってくれと言われたけどな」

リウイは地面に敷《し》かれた絨《じゅう》毯《たん》に腰《こし》を下ろし、疲《つか》れた声で言う。

「この傷《きず》ですものね……」

メリッサがリウイの背後にまわると、高《こう》位《い》の癒《いや》しの呪《じゅ》文《もん》を唱えはじめる。

「どんな戦いだったか、想像がつくな」

ジーニが腕《うで》組《ぐ》みしたまま、ぼそりと言った。

「面目《めんぼく》ない……」

リウイはがっくりとうなだれる。

「いや、よく負けなかったものだ。人間を倒すことが、おまえが求める強さじゃないからな……」

ジーニが微笑《びしよう》を浮かべ、リウイの頭をかるく叩《たた》く。

「あなたはそれでいいのです。人間を殺すことは誰にでもできます。ですが、あの魔物を倒すことは、そうではありませんから」

リウイの傷を癒しおえたメリッサが、本意だというようにうなずく。

「なんで、ふたりともそんなに優《やさ》しいのよ?」

ミレルがジーニとメリッサを睨《にら》む。

「まったくだわ」

アイラが相槌《あいづち》をうつ。

「あなたがたが冷たくするからですわ。戦いから帰ってきた勇者《ゆうしや》を暖《あたた》かく迎《むか》えるのは、戦《いくさ》の神に仕える者として当然です」

メリッサが澄《す》ました顔で言う。

「まあ、大きな獲物《えもの》を仕留《しと》めてきたわけだからな」

ジーニがかるく咳払《せきばら》いをする。

「今日は優しくされるより、冷たくされるほうが心が休まるよ」

リウイは膝《ひざ》を抱《かか》え、深く息をついた。

「どうかしたの？」

ミレルが気遣《きづか》うように言う。

「どうもこうも……」

リウイは、プリシスの宮殿で起こったすべてを仲間たちに語っていった。

「……オレは最後までヒュードの手の内にあったような気がするんだ」

「なるほどね」

アイラがうなずく。

「ヒュードは、自分の身代わりを探していたのかもしれないわね。ロドーリルの拡張主義《かくちょうしゅぎ》が限界《げんかい》にきていることを理解して……」

「そうなのかな？　わたしには、ただ気が狂っているだけの男にしか見えなかったけど？」

ミレルが首をひねる。

「いずれかなのか、いずれもなのか、ですね」

メリッサが神妙《しんみよう》な表情で言う。

そして瞑目《めいもく》し、胸の前で両手を組む。

だが、戦の神は何も答えてはくれなかった。

「そしてオレはジューネを救うこともできなかった……」

「呪《のろ》いからは解放したというのに？」

アイラが意外だという表情をする。

「彼女は望んでロドーリルの王位についたわけじゃない。だが、それをやめることはできないんだ。呪いみたいなものさ」

リウイは吐《は》き捨《す》てるように言った。

「そしてその呪いは、ヴァンの鍛《きた》えたこの剣でも断ち切ることはできない」

魔剣《まけん》イレーサーを取り出すと、赤い刃《やいば》を抜《ぬ》き、じっと見つめる。

「オレは、いつも自分らしく生きたいと思っているし、そう生きているつもりだ。彼女にもそんな生き方をさせてやりたかった……」

「人間という生き物はそれほど自由じゃないものさ」

ジーニが低く言った。

「誰もが、見えざる鎖に繋《つな》がれている。きっと、わたしたちもな……」

「繋がれてるわねぇ」

「繋がれてるよねぇ」

ジーニの言葉に、アイラとミレルが顔を見合わせ、ため息をつく。

「でも、あたしは嫌《いや》じゃないよ」

ミレルはあわてて続けると、自らの言葉にうんうんとうなずく。

「あたしは自分ひとりで生きられると思ってたし、生きてきたけど、やっぱり誰かと一緒《いっしょ》のほうが楽しいよ。それを教えてくれたのが、メリッサとジーニだったし、そしてリウイだよ」

「わたしは入ってないのね？」

アイラが意地悪く言う。

「決まってるでしょ？」

ミレルが当然というように言い返す。

「大丈夫《だいじょうぶ》だよ、リウイ。ジューネ女王の時間は動きはじめてるんだもの。それは、変われるってことなんだから。ロドーリルの女王として、彼女らしい生き方をきっと見つけられるよ」

「ミレル……」

リウイは顔をあげ、黒髪《くろかみ》の少女をじっと見つめた。

「リウイはお節介《せっかい》がすぎるのよ。中途半端《ちゅうとはんぱ》に女に優しくしてたら、そのうち地獄《じごく》に落ちるよ」

ミレルは明るい笑顔《えがお》を見せる。

「というか、わたしたちが落とすかな」

アイラが魔法《まほう》の眼鏡《めがね》に手をかけながら、相槌をうつ。

「それは、怖《こわ》いな」

リウイはわざとらしく身震《みぶる》いしてみせる。

だが、わずかだが救われたような気分だった。

自分が時のなかで生きているということを、初めて実感した。それが、とても大切だということを……

ジューネにしてやれたのは、時間を返すことだけだったが、それはきっと意味があるのだろう。

鉄の女王は鮮血《せんけつ》の将軍とともに死んだ。新しく生まれ変わったロドーリルの女王は、きっと王国を平和に治めてゆくことだろう――

ロドーリルとプリシスにおける魔法戦士《ルーン・ソルジャー》の物語はこれで終わる。

女王ジューネは、オラン、ミラルゴと不戦条約《ふせんじょうやく》を結《むす》び、北のバイカルからも軍を退《ひ》いた。

王族が滅《ほろ》んだ都市国家プリシスは、有力市民《ゆうりょくしみん》たちが評議会《ひょうぎかい》を組織し、自治都市《じちとし》となる宣《せん》言《げん》をする。

そして初代の元首として、〝指《さ》し手〟の異名を持つ人物の帰国を願ったのである。

リウイにとって、それは思いもかけぬことだったが、プリシスの民《たみ》にとって、彼が英雄《えいゆう》であることは否定のしようがなかった。

〝指し手〟の帰国が、この地方にどういう影響《えいきょう》を与《あた》えるかは、予測もつかない。

そしてリウイ自身は、ヴァンが鍛《きた》えた次なる武具を求めて、また新たな旅へと赴《おもむ》くことになるのである――

あとがき

『鋼《はがね》の国の魔法戦士』いかがでしたでしょうか?

ロドーリルの鉄の女王ジューネの設定をしたのは、実はもう二十年近くまえのことになります。まさか、小説に登場させようとは思ってもいなかったので、思いっきり謎《なぞ》めいた女性にしておきました。まさか、自分がその謎を解《と》くはめになるとは……

しかし、大変でしたが、おもしろい作業でした。自分では、うまくパズルがはまったように思っているのですが、皆さんはどう思われたでしょうか?

またこのシリーズでは初めてじゃないかと思うほど、はっきりとした悪役が登場しています。鮮血《せんけつ》の将軍ヒュードについても、簡単な設定はありましたが、ディテールはすべて、執筆《しっぴつ》にあたって考えました。

本文でも触《ふ》れていますが、リウイの強さはおそらく人間を倒すためのものではないと思えてきました。怪物とか魔物とか、人外のものを倒すための強さでしょう。ですが、やはり倒さねばならない人間も現れます。

その意味では、ヒュードはなかなかの強敵《きょうてき》だったんじゃないでしょうか？　倒しこそしましたが、リウイは自分が勝ったとはぜんぜん思っていません。むしろ、今回は敗北感《はいぼくかん》のほうが大きいはず。

そのため、あまり爽快《そうかい》な読後感はなかったかもしれませんね。ただ、こういう物語も長いシリーズには必要だという気がしています。これからも、魅力的《みりょくてき》な悪役をどんどん登場させたいものです。無論、魅力的な女性もですが……

大事件ばかりを扱《あつか》ってきたので、いよいよリウイは名前が知れ渡ってきました。現代とは違って情報伝達《じょうほうでんたつ》の速度はゆっくりしたものでしょうが、噂《うわさ》というものはやはり怖《こわ》い。

今回はついに偽名《ぎめい》を使ってしまいました。そろそろニセモノが登場してもおかしくないところです（水戸黄門のニセモノはいったい何回、登場したのでしょう？）。

そういうわけで、この次のシリーズは、ふたたび舞台《ぶたい》を大陸から移《うつ》し、未開の地へと旅立つことになります。東の果《は》ての島ことイーストエンドが次回の舞台です。ここは和風っぽい設定なので、普段とはまったく違《ちが》う印象の作品にしたいと意気込んでいます。

タイトルは『神代《かみよ》の島の魔法戦士』としました。引き続き応援《おうえん》、よろしくお願いします。

初出

月刊ドラゴンマガジン
2005年10月号〜2006年4月号

富士見ファンタジア文庫

魔法戦士リウイ　ファーラムの剣
鋼《はがね》の国《くに》の魔法戦士《まほうせんし》

平成18年12月25日　初版発行

著者——水野《みずの》　良《りょう》

発行者——小川　洋

発行所——富士見書房

〒102-8144
東京都千代田区富士見1-12-14
電話　営業　03(3238)8531
　　　編集　03(3238)8585
振替　00170-5-86044

印刷所——暁印刷
製本所——BBC

2006 Fujimishobo, Printed in Japan
ISBN4-8291-1884-9 C0193

ソード・ワールドを舞台とした主な作品

ファンタジア文庫
魔法戦士リウイ
●第一部　全10冊
●第二部　全3冊
●第三部　4冊刊行＊
水野良：著

ドラゴンブック
ソード・ワールドRPGリプレイ集xS＊
清松みゆき／グループSNE：著

ドラゴンブック
ソード・ワールドRPGリプレイ集バブリーズ編　●全4冊
清松みゆき／グループSNE：著

【“へっぽこーず”シリーズ】
ドラゴンブック
新ソード・ワールドRPGリプレイ集
●本編全10冊　●ガイドブック1冊
清松みゆき：監修　秋田みやび／グループSNE：著
ファンタジア文庫
長編
へっぽこ冒険者と眠る白嶺
輝け！ へっぽこ冒険譚 1＊
短編集
集え！へっぽこ冒険者たち
踊れ！へっぽこ大祭典
狙われたヘッポコーズ
へっぽこ冒険者とイオドの宝
へっぽこ冒険者と緑の蔭
秋田みやび他：著
角川コミックス ドラゴンJr.
突撃！ へっぽこ冒険隊＊
浜田よしかづ：漫画
清松みゆき・秋田みやび／グループSNE：原案

ファンタジア文庫
混沌の大地 ●I～IV＊
清松みゆき：著
ドラゴンブック
新ソード・ワールドRPGリプレイ集Waltz＊
清松みゆき：監修
篠谷志乃／グループSNE：著
ケイオスランド
ドラゴンブック
ソード・ワールドRPGリプレイ集スチャラカ編
●全3冊
山本弘：著
ラムリアース
リファール
オーファン
タイデル
ファンドリア
ザーン
ロマール
ファンタジア文庫
サーラの冒険
●長編　全6冊
●短編集Extra
山本弘：著
ファンタジア文庫
ダークエルフの口づけ
川人忠明：著
【“ぺらぺらーず”シリーズ】
ドラゴンブック
新ソード・ワールドRPGリプレイ集NEXT
●①～⑧＊
清松みゆき：監修
藤澤さなえ／グループSNE：著
ファンタジア文庫
ぺらぺらーず漫遊記
ぺらぺらーず漫遊記 乙女の巻
藤澤さなえ他：著
ドラゴンブック
ソード・ワールドRPGリプレイ・アンソロジー＊
清松みゆき他：著
LINDO 89

＊データは2006年12月現在のもの。＊は続刊予定です。

ソード・ワールド・ノベル

輝け！へっぽこ冒険譚1

秋田みやび

イリーナ・フォウリー。16歳。至高神ファリスを信奉する怪力少女。ヒースクリフ・セイバーヘーゲン。17歳。魔術師としての才能を認められた、「賢者の学院」の特待生。幼馴染の二人は、冒険者になることを決意し、冒険者の店《青い小鳩亭》に向かう。店内には、少年、ハーフエルフの娘、ドワーフがいた……。へっぽこと呼ばれる若者たちの、最初の一歩の物語。ここに開幕！

富士見ファンタジア文庫

ソード・ワールド・ノベル

ダークエルフの口づけ

川人忠明

ダークエルフの口づけ――それは死の宣告。少年アマデオは、ダークエルフの一味に村を襲われ、親類友人を惨殺される。そして少年自身も追い詰められ、死を覚悟したときに、彼を救ったのは、美しいエルフの女性ベラだった。数年後、青年に成長したアマデオは、ベラの下で警備兵になっていた。だが、ベラの正体は、ダークエルフの里から送り込まれた密偵だった――！

ソード・ワールド短編集

ぺらぺらーず漫遊記

乙女の巻

藤澤さなえ

魔法剣士の少女ベルカナは悩んでいた。「あなたには今、重大な転機が訪れようとしています」。

捜査で赴いた占いの館。そこで、占い師の少女に告げられた言葉が忘れられなくて……。

ソード・ワールド史上、もっとも薄っぺらな五人組の冒険を、乙女度アップ（当社比）で描く、短編集第二弾！　ブックの読書生活が垣間見える「ブックの日記」も収録！

富士見 ドラゴンブック

ロールプレイング・ゲーム

ロマール・ノワール

新ソード・ワールドRPGリプレイ集NEXT①

清松みゆき：監修
藤澤さなえ/グループSNE：著

アレクラスト大陸の中原南部ロマールに、5人の若者たちが集まった！　虚弱体質のナンパ盗賊クレスポ、お嬢様魔法使いベルカナ、放浪怠慢女エルフのシャイアラ、賢者を目指すグラスランナー・ブック、田舎育ちの純朴ハーフエルフ・マロウ。闘技場で偶然出会った彼らにいきなり泥棒のぬれぎぬが！　無実を証明するべくいやいやながらも手を組んで事件解決に乗り出したのはいいものの……。

海千山千のベテランプレイヤーに翻弄される新人ゲームマスターが贈る、ちょっとブラックなリプレイ新シリーズ!!

富士見ドラゴンブック

ロールプレイング・ゲーム

ダンジョン・パッション

新ソード・ワールドRPGリプレイ集NEXT②

清松みゆき：監修
藤澤さなえ/グループSNE：著

“旅人たちの王国”ロマールに落ち着き、曲がりなりにも冒険者生活を始めたクレスポたち5人。仲がいいのか悪いのか、ギルドの仕事もいくつかこなし、それなりにまとまりが出てきた今日この頃。ところが、ある日マロウの友人が危篤という知らせが！　故郷に戻るマロウに付き合い、モーブの村に向かった彼らに、遺跡発見のニュースが待っていた。早速その遺跡に向かった一行だったが……。

今回は未探索のダンジョンに挑戦！　ベテランプレイヤーに翻弄された新人ゲームマスターの逆襲は果たして成功するのか？

富士見 ドラゴンブック

ロールプレイング・ゲーム

コロシアム・プレミアム

新ソード・ワールドRPGリプレイ集NEXT③

清松みゆき：監修
藤澤さなえ/グループSNE：著

“旅人たちの王国”ロマール。この街最大の名物である闘技場では、遺跡などで捕らえてきた魔獣対腕利きの剣闘士たちの手に汗握る戦いが大きな目玉となっている。だが、その試合を間近に控えた魔獣ミノタウロスが檻からこつ然と消えうせた！　盗賊ギルドから依頼を受け、その謎に挑むベルカナたち。そんな彼らの前に姿を現したのは、SWリプレイシリーズおなじみのダークエルフ！　防御力極薄のこのパーティにこんな強敵出していいのか？　周囲の心配をよそに新人マスターが今回もがんばる好調リプレイ第3弾！

富士見ドラゴンブック

ロールプレイング・ゲーム

ファンドリア・ファンクション

新ソード・ワールドRPGリプレイ集NEXT④

清松みゆき：監修
藤澤さなえ/グループSNE：著

「少女を護衛して父親の元に送り届ける」

“ぺらぺらーず”が引き受けた新たな依頼は、一見簡単そうだがやっかいな問題をはらんでいた。届け先が悪名高い“混沌の王国”ファンドリアなのだ！　ナゾの暗殺者たちを撃退しつつファンドリアに着いたものの、父親は行方不明。その背後には、おなじみの盗賊ギルドをはじめ、暗殺者ギルドや貿易商が絡む巨大な事件が横たわっていた！　暗黒神ファラリスを国教とする闇の国に陰謀が渦を巻く！